龍と贄巫女の番

香月文香

STARTS
スターツ出版株式会社

神々に守護されたこの国において、神は花巫女《はなみこ》と呼ばれる運命の少女を選び取る。

花巫女となれば美しい神の深い愛に包まれ、幸福な人生を過ごせるという。

けれどそんなもの、落ちこぼれ巫女と馬鹿にされる少女にとっては関係のない夢物語。

——そのはずだった。

「私は雨月《うげつ》様の花巫女にはなれません」

「俺にとっては白雪《しらゆき》こそが唯一無二だ」

どれほど孤独であったとしても、二人で寄り添うことはできる。

これは落ちこぼれの少女と孤高の龍神が、唯一の運命を紡ぐまでの物語。

目次

■第一章 9
■第二章 67
■第三章 119
■第四章 199
■第五章 251
■終章 297
あとがき 306

龍と贄巫女の番

■第一章

優秀な花巫女を幾人も輩出する葦原《あしはら》女学園に通う女学生でありながら、登能《との》白雪は巫女学の授業を真面目に受けたことがなかった。

昼休み後の教室では、矢羽根柄の着物に袴《はかま》姿の少女たちが、真剣な面持ちで巫女学の講義を聞いている。本日の授業は、花巫女に必要な奉納舞の手順に関するものだ。しかしそんな級友たちには目もくれず、白雪は最後列の席で呪符《じゅふ》作りに励んでいた。

（どうせ私は花巫女には選ばれないもの。巫女学の授業を聞く必要はないわ。そんなことより、今日中にあと二枚呪符を作らないと）

己を叱咤《しった》し、教卓から見えない膝の上、小さく切った料紙に呪言を書き込もうとした瞬間、教師の声が飛んできた。

「登能白雪さん、内職をやめなさい」

「申し訳ございません！」

白雪は素早く料紙を机の中にしまい、きりっとした表情を繕って背筋を伸ばす。だが教卓に立つ教師のしかめ面は崩れなかった。巫女学を長年担当する、老年の女教師だった。

「登能さんがいかに異能を持った巫女であろうと、授業を真面目に聞かなくてよい理由にはなりませんよ。内職するほどの余裕があるようですから、私の質問に答えてもらいましょう。立ちなさい」

白雪は逆らわず立ち上がる。級友たちが思いもよらぬ催しに一斉に注意を向けるのがわかった。その中の一人、最前列に座る少女がくすくすと意地悪げに笑う。

「まずは、我々の住む空木津国《あきつくに》が受ける加護について説明なさい」

「はい。空木津国は八百万《やおよろず》の神々の大いなる力によって守られています。その代わりに空木津国の民は巫女を差し出し、神々に奉仕します。この盟約によって空木津国は自然災害とは無縁の島国となりました」

教師が軽く頷《うなず》く。

「その通り。それでは巫女による神々への奉仕とは？」

「空木津国の神々は荒ぶる神気を持っており、放置しておけばいずれ理性を失くした堕ち神へと変貌します。それを防ぐため、清涼な霊力を持った巫女が〈神鎮めの儀〉を行います。これが巫女に課された務めです」

「巫女であれば、誰でも〈神鎮めの儀〉が行えるのですか？」

教師の問いに、白雪は首を振る。

「いいえ。〈神鎮めの儀〉を行えるのは、その神に選ばれた巫女のみです。これはあらかじめ運命で定められています。神に求められた巫女は花巫女と呼ばれ、伴侶《はんりょ》として添うことになります」

「よろしい。歴代の花巫女は霊力の高い少女ばかりでしたが、花巫女になればさらに霊力が上がりますから、その力でもって神を助けることが求められます。また、強大な霊力を持つ人間を輩出する一族は祝部《はふりべ》と呼ばれ、爵位を与えられて空木津国では尊ばれているのです。――ええ、皆さんのことですよ」

教室をぐるりと見回し教師は言った。少女たちがどこか誇らしげに居住まいを正す。

「葦原女学園に通うのは、由緒正しき祝部の娘ばかりです。いくら高い霊力があっても、神々に選ばれなければ花巫女にはなれません。ですが、神々はいつでもあなた方を見ています。真面目に授業を聞き、品行方正に過ごしなさい。いいですね？」

座ってよい、というふうに教師が顎をしゃくるので、白雪は腰を下ろす。神々に選ばれると聞いて目を輝かせる級友たちをよそに、心が冷えていくのがよくわかった。

無意識のうちに右腕を押さえる。

――白雪が最も霊力の高い巫女だったのは、十年も前の話だ。

あの頃は誰もが白雪に期待していた。強力な巫女にだけ発現する異能を持つのは、同世代では白雪のみ。どんな神に見初められるのかと、祝部たちの注目を浴びていた。

しかしそんな日々は長く続かない。当時八歳の白雪は堕ち神と遭遇し、右腕に怪我を負ってしまったのだ。おどろおどろしい堕ち神は、幼い白雪に瘴気《しょうき》を帯びた一撃を加えた。

押さえた着物の下、白雪の肌に傷痕はない。

だが堕ち神による怪我は、白雪の霊力に致命的な影響を及ぼした。

異変は翌日から現れた。汲《く》めども尽きぬ泉のように溢《あふ》れていた霊力は、瞬く間に涸《か》れてしまった。異能自体に変化はないが、もはや落第すれすれで巫女と認められるくらいの微々たる量しかない。花巫女など夢のまた夢である。

それが登能白雪の現状だった。

終業を告げる鐘が鳴り、今日の授業が全て終了する。あとは帰るだけ、と白雪が机から書きかけの呪符を引っ張り出したとき、隣席の友人が声をかけてきた。

「白雪さん、さっきは不運だったわね。何をしていたの？」

小動物のようなくりくりとした瞳が印象的な可愛《かわい》らしい少女は、筧田《といた》男爵家の一人娘で、名を綾《あや》という。白雪とは初等部一年生からの付き合いだった。

白雪は呪符をひらひらさせる。

「呪符作りよ。下級生から何枚か頼まれていて、急いで作ってあげたかったから」

「巫女の中でも異能をお持ちの方はごくわずかでしょう？　それを誰かのために惜しげもなく使ってしまうなんて、白雪さんって相変わらず変わった方……いえ、お人よしなんだから」

綾はおっとりした面差しながら、舌鋒《ぜっぽう》は鋭い。白雪は苦笑した。

白雪の書いた文字には、因果を覆す力がある。それが登能子爵家の長女である白雪に与えられた異能だった。

霊力はずいぶん失われてしまったが、今でも白雪が文字を書けばその通りの事象を引き起こせる。かつてと比べれば、本当に些細《ささい》な規模にはなってしまったが。

「そこまでお人よしではないけれど。今の私にできるのはこれくらいだから」

白雪は子爵家の令嬢という立場でありながら、わずかに残された異能を利用し、呪符を手作りして売り捌《さば》いているのだった。何せ登能家は没落の一途を辿《たど》っている。巫女を輩出できぬ祝部に価値はなく、子爵の位を維持できるかも怪しいくらいだ。せめてお金だけでも稼いで、日に日に痩せゆく家族のために尽くしたい。

といっても白雪の呪符は可愛らしいもの。せいぜいお腹が鳴らないようにするとか、頭痛を止めるとかが関の山。

綾が呪符を見て微笑《ほほえ》む。彼女は偏頭痛持ちで、白雪の良い顧客でもあった。

「今度、私が頭痛を起こしたときにもお願いするわ。二学期が始まってから教室の空気もピリピリしていて、気が休まらないもの」

「ああ……私たちも、あと半年もすれば卒業ね」

それぞれの机にたむろしてお喋《しゃべ》りに興じる女生徒たちは花に集う蝶《ちょう》のごとく。だが、その顔には隠しきれない緊張がある。

それも当然だった。

葦原女学園は、花巫女を養成するための教育機関。神のお眼鏡に適い、花巫女に召し上げられれば学園に通う必要はなくなる。

すなわち、最終学年になったにもかかわらず未だに教室にいる生徒たちは進路の決まっていない売れ残り。美貌や霊力によって選ばれるのであれば努力のしようもあるが、花巫女になれるか否かは運命によって決まっている。よって少女たちは何をすべきかもわからず焦燥感に苛まれているのだった。

綾と話していれば、近くで円居《まどい》していた少女たちが「花巫女」という単語を口にするのが聞こえてきて、白雪はついそちらへ意識を向ける。

「どうしたら花巫女に選ばれると思います？　やっぱり霊力が必要かしら」

「それより美しさに決まっていますわ。神々にとって花巫女は替えの利かない唯一無二。骨の髄まで蕩《とろ》かされるくらい大切にされるそうですわよ」

「羨《うらや》ましいわ、なんて素敵なの！　乙女の夢だわ！」

きゃいきゃいとはしゃぐ少女たちの会話に耳を傾けていると、「ごめんあそばせ」と権高な声が割って入った。

「登能白雪さんに用があるの。いいかしら？」

黒髪をなびかせながら近づいてきたのは、すらりと背の高い美しい少女。先ほど、白雪が立たされた際にくすくす笑いを漏らしていた生徒である。

白雪は一瞬だけ眉根を寄せ、すぐに和やかな表情を作ってみせた。

「はい、猪飼夕姫《いのかいゆうき》さん。大事なお話でしょうか」

「ええ、とっても。白雪さんは一応私の従姉妹《いとこ》ですから、お耳に入れておこうと思って。まあ、血が繋《つな》がっているだけで、巫女としての価値は雲泥の差だけれど。ね、落ちこぼれ巫女の白雪さん？」

夕姫の声音にはあからさまな嘲《あざけ》りが滲《にじ》んでいる。白雪の呼吸がぐっと詰まった。

「そう、ですね……」

「あら嫌だわ、そんな傷ついた顔をしないで頂戴。私は白雪さんを褒めているのよ？　たいした霊力もないのに、この葦原女学園によく通えるわねっていつも感心しているのだもの。私にはそんな恥知らずな真似、とてもじゃないけどできないわ」

夕姫の父親と白雪の父親は兄弟で、夕姫の父親は猪飼子爵家へ婿入りしている。幼い頃は同じ子爵家として交流もあったが、白雪が傷を負ってからは見向きもされなくなった。

特に夕姫は、巫女としての将来が絶望的になった白雪を侮《あなど》る態度を隠しもしない。白雪は気後れしてしまって、この従姉妹にはつい敬語になってしまうのだった。

夕姫が白雪の手にある呪符を見下ろし、ふふんと鼻で笑う。かと思うと、周囲の少女たちにも聞こえるくらいの大声で宣告した。

「私、花巫女に選ばれましたの。お相手は帝都の西を流れる川を司る水神よ。とても美しくて、力も強いお方。ですから、この学園に通うのは今日で最後。一抜けしてしまってごめんなさいね？」

水を打ったように教室が静まり返る。一拍置いたのち、少女たちの甲高い悲鳴が教室をどよめかせた。

注目を浴びて夕姫は誇らしげだ。小鼻がぴくぴくしている。白雪も言葉を失った。

（夕姫さんが、花巫女に――）

神の寵愛《ちょうあい》が約束されるという至上の地位。巫女たる少女たちの甘い夢。祝部に生まれた娘の存在意義。

霊力の乏しい白雪には、決してなれないもの――。

白雪は全身全霊をかけて唇に力を込め、かろうじて微笑を保った。

「おめでとうございます、夕姫さん。従姉妹として嬉《うれ》しく思います」

「ありがとう。一つ忠告しておくけれど、今後は親戚といえど気軽にお喋りできる地位ではなくなるわ。外で見かけても声をかけないで。それに、白雪さんを他の神々に紹介するような真似はしないから、身の程をわきまえてね？」

そんなことを乞おうとした覚えはない。しかし白雪は膝の上で拳《こぶし》を作り、波立つ心を押し止めた。

「心配なさらないでください。それくらいはわきまえています」

「白雪さんがきちんと自覚のある方でよかったわ。落ちこぼれを欲しがる神なんているわけないもの。白雪さんが一番優秀な巫女だったのは昔の話。今、この学園で最も霊力があるのは私だわ。ふふ、神に選ばれない巫女なんて、存在価値があるのかしら」

夕姫がせせら笑い、綾が気遣わしげに白雪を見る。しかし白雪は顔面を引きつらせたまま、どちらにも反応できなかった。

一向に返事をしない白雪に、夕姫は飽きたようだった。ニヤニヤしながら白雪の方へ手を突き出す。

「落ちこぼれ巫女が作る呪符なんて効果もないに決まっているわ。こんなもの、捨てておいてあげるわね？　その方が世のためよ。私ったらなんて親切なのかしら！」

「え、ま、待ってください……！」

止める間もなかった。夕姫は作りかけの呪符を掠《かす》めとると、見せつけるように大きく振りかざし、ビリビリと音高く破り捨てた。

「あっ……！」

懸命に書いた呪符の欠片《かけら》が、はらはらと頭上から落ちてくる。それらは受け止めようとした白雪の指をすり抜けて、教室の床に力なく散らばった。

白雪は慌ててしゃがみ込み、紙片を掻き集めようとした。けれどすぐ近くできゃーっという歓声があがり、教室の隅に突き飛ばされる。

「さすが夕姫さんですわ！　花巫女に選ばれるなんて！　もう将来の幸福は決まったようなものですわね！　私たちにも神を紹介してくださらないかしら！」

先ほどまで白雪たちの近くで話していた少女たちが、夕姫をわっと取り囲んだ。夕姫は得意げな様子で、少女たちに輝かしい笑みを振りまく。

「そうね、私は神に愛される花巫女になるのですもの。運命に選ばれた者は慈悲深くあらねばならないわ。私からお願いして、あなたたちに神々を引き合わせてあげる」

「頼もしいですわ〜！」

「よかったら今からカフェーに行きません？　夕姫さんともっと仲良くなりたいわ！」

「それなら迎賓館へ行きましょう。本当は神や花巫女しか出入りできないのだけれど、私なら許されるわ」

傲然と言い放つ夕姫は、その綺麗《きれい》に整えられた髪も、自信に満ちた立ち居振る舞いも、高い霊力も、花巫女にふさわしい何もかもを持ち合わせている。

少女たちは夕姫の荷物を持ち、彼女に付き従って教室を出ていってしまった。

「はあ……」

少女たちに見向きもされなかった紙片を拾い、皺《しわ》を伸ばしながらため息をつく。

惨めで仕方がなかった。何も言い返せない自分も、それが許されないくらい無力な自分も。

「白雪さん、これで呪符は全部拾えたと思うわ」

驚いて顔を上げると、綾が何事もなかったかのような穏やかな微笑を浮かべ、白雪に紙片の山を差し出していた。

「あ、ありがとう、綾さん。その、よかったの？」

「何が？」

「夕姫さんたちと一緒に行かなくて……」

口にしてしまってから、こんな哀れっぽいことを聞くのではなかった、と胸が塞《ふさ》いだ。余計に惨めさが増すだけだ。

けれど、綾はうふふ、と謎めいた微笑を漏らした。

「確かに私だって花巫女にはなりたいわ。でも、あの夕姫さんに紹介された神に選ばれるなんて願い下げよ」

綾は窓にもたれかかると、夕暮れに沈む外の景色を眺め始める。窓向こうでは女学生たちが笑いさざめきながら帰路についていた。あの中に夕姫もいるのだろうか。

「神と花巫女は運命で結ばれていると言うもの。姑息《こそく》な手段を取らなくても、正しく、誇り高く生きていれば神は己の花巫女を見出してくれる。私は、自分の神とはそういうふうに出会いたい、なんて……夢見がちすぎるかしら」

綾は窓から白雪に視線を移し、どこか少女めいてはにかむ。ただ一人の友人の乙女のような顔に、白雪はがぜん張り切って拳を握った。

「そんなことはないわ！　花巫女は神を鎮めるためのもの。知り合いの紹介だからとか、そんな浅い理由で決まらないはずだわ。綾さんがそう願うのは自然なことよ」

それくらい、空木津国には〝運命〟がありふれている。

神と花巫女は比翼連理《ひよくれんり》で、番《つがい》となれば幸福な未来と愛が約束されている。そう信じられている。

だから綾の願いを、少女の甘い夢だと切って捨てることはできなかった。

――たとえそれが、白雪にはもう手に入らないものだとしても。


（花巫女、ね……）

学園で綾と別れ、一人きりの帰り道。白雪は風呂敷包みを手にとぼとぼ歩いていた。

（私が花巫女になれたら、家族の皆に苦労なんてさせなかったのに……）

学園から自宅までは、人混みで賑《にぎ》わう帝都の大通りを進む。家に帰ったらすぐに夕餉《ゆうげ》の準備をしないと、と自分を励ましながら、商店の前を足早に通りすぎた。

最近は母親が体調を崩しており、家事はもっぱら白雪に一任されていた。子爵家であれば炊事も洗濯も使用人に任せるものだが、もはや登能家にその余裕はない。令嬢のはずの娘に家事をさせるなんてと母親は泣いたが、白雪は気にしないでと慰めた。

父親は朝廷で閑職に追いやられ、四つ下の弟の佑《たすく》は頭がいいのに大学への進学どころか中等部の学費さえ捻出できない。借金は雪だるま式に膨らみ、とうとう先日は、先祖代々受け継いできた屋敷を手放すという話まで出た。

その話を持ってきた猪飼子爵――夕姫の父親だ――のにやついた顔を思い出すとやり場のない怒りが込み上げてくる。

「新聞だよ！　一部どうだい？　今回の見出しは最強龍神《りゅうじん》・雨月様の堕ち神討伐だ！」

道端に立つ新聞売りが威勢よく一面を見せてきて、白雪は思わず足を止める。

先ほどまで抱いていた怒りはどこへやら、次の瞬間には財布を取り出していた。

（う、雨月様だわ!!）

――それは十年前、堕ち神に襲われた白雪を救ってくれた龍神の名前だった。

新聞には、彼の活躍を伝えるでかでかとした見出しの下に、小さく写真が載っている。画質は荒く、盗み撮りしたような青年の後ろ姿でほとんど顔も見えないが白雪が見間違えるはずもない。

――白雪は彼に命を救われて以来、龍神・雨月の贔屓筋《ファン》なのだから。

十年前から一日も欠かさず、新聞越しにその活躍を追ってきた眼力は伊達ではない。

「あの、二部買うのでまけてもらえませんか？」

「え？　二部も？　まあ……もう夕方だし、構わねえが」

怪訝《けげん》そうな新聞売りに小銭を渡し、人の来ない建物の陰に移動していそいそと新聞を広げる。連日帝都を騒がせている若い娘の連続失踪事件の続報の横に、討伐の詳細が報じられていた。帝都の外の村に出現した堕ち神を、そこへ駆けつけた雨月が颯爽《さっそう》と討伐したらしい。一般人に被害はなく、当然雨月には傷一つないとのこと。

「ううっ、なんて大活躍。さすがだわ」

花巫女に出会えず堕ちた神は、帝都の人々を食らうために襲い出す。そこで神々の中でも頂点に君臨する強さを誇る雨月が、堕ち神の討伐という、人々を守るための重要な役割を担っているのだ。その功績が正当に評価されるなら白雪も嬉しい。

しかしうきうきと読み始めた記事は、『空木津国を守護する神々を容赦《ようしゃ》なく祓う冷酷な〈神殺しの龍〉。討伐以外に道はなかったのか？』などという一文で締めくくられていた。

「こ、こんなの偏向報道よっ」

鼻息も荒くぐしゃりと新聞を握り込む。近くを歩いていた洋装の紳士がびくっとして白雪から距離を取った。

「冷酷なんかじゃないわ！　雨月様に感謝している人も絶対にいるはずなんだからっ」

堕ち神に対峙《たいじ》したことがあるからこそ、白雪は頭ではなく肌身で理解している。

あれは神とは全くの別物だ。一度堕ちてしまえば元に戻ることは不可能。討伐以外に道はなかったのか？などと呑気《のんき》に言っている間に食われるだけ。

（恐れる気持ちはわからないでもないけれど、でもこんな書き方あんまりよ）

空木津国の民は神々に守護されている。だからこそ、堕ち神といえど神を討伐する雨月に向けられる眼差しには畏怖や恐怖の色が濃い。

だが白雪の追う限り、そんな雑音で雨月が討伐の任を疎《おろそ》かにしたことは一度もなかった。いつだって堕ち神の出現現場に現れ、被害を出さずに人々を救う。これが神でなくてなんだというのだろう。

「雨月様はお強いわ。命を救われた私も、恥じないように日々を過ごさなくてはいけないわね」

それこそが白雪の仰ぐ星の光だった。あくなき憧憬、活力の源、ただそこにあるだけで背筋の伸びる絶対的な存在。

（花巫女になれなくても、私には雨月様という心の支えがあるのよ。これから先、何があっても乗り越えられるわ）

新聞を二部とも風呂敷にしまい、白雪は家路を急ぐのだった。

「ただいま戻りました」

登能家の玄関に足を踏み入れた瞬間、白雪は妙な胸騒ぎを覚える。土間に見慣れぬ洋靴が一足並べられていた。叔父である猪飼子爵のものだ。

(一体何が――?)

不安に急かされるように早足で廊下を移動し、客間の襖《ふすま》を引き開ける。そこには恰幅《かっぷく》の良い体を三揃《みつぞろ》いに包み、当然のように上座に座る猪飼子爵と、その対面で縮こまる両親と弟がいた。

客間を満たす異様な緊張に、白雪の二の腕がザッと粟立《あわだ》つ。

「これは……?」

「白雪、来るな! お前に聞かせる話じゃない!」

青ざめきった父親が弾かれたように白雪の方を向く。対して、猪飼子爵はやに下がった顔で白雪を出迎えた。

「おお、白雪。もちろんお前に聞かせる話だとも。花巫女になれないお前が、神々のお役に立てる素晴らしい話だ」

たるんだ顎をうごめかせ、舌なめずりするような声色で言う。分厚い唇が脂ぎっててらてらと光っていた。

「——お前は、冷酷無慈悲な神の贄《にえ》巫女になるんだ」

「に……っ⁉」

突如として投下された信じ難い話に、白雪の声は途中で途絶えた。

——贄巫女、とは。

神に選ばれる花巫女とは異なり、文字通り、生贄として捧《ささ》げられる巫女のことだ。

幸福を約束された花巫女とはまるで正反対。神の求めに応じて命を差し出す、一山いくらの人身御供に過ぎない。

けれどそれは太古の習俗のはずだった。まだ国が興ったばかりの時代に、大きな橋の根元に巫女を埋めたり、洪水を収めるために巫女を川に投げ入れたりしたのだそうだ。しかし現在となっては、ただの歴史。そう思っていた。

「贄巫女に……私が……？」

頭に意味が染み通るにつれどんどん血の気を失っていく白雪に、猪飼子爵は愉快そうに頷く。

「その神は事情があって花巫女を得られないらしく、贄巫女が必要なんだそうだ。詳しい背景は私も知らないが、今まで送り込まれた他の娘たちが皆、泣いて逃げ帰ったのは確かだ。よほど恐ろしい神なんだろう。中には怯《おび》え切って外に出られなくなった娘もいるらしいぞ」

冷たい震えが足元から這《は》い上がってきた。襖に手をつき、かすれた声で聞く。

「贄巫女が必要といっても……なぜ私が選ばれたのですか」

たいして霊力もないのに、と不審がる気持ちが顔に出ていたのか、猪飼子爵がやれやれと言わんばかりに首を振った。

「実は最初に白羽の矢が立ったのは夕姫だったんだがな。その後、あの子は花巫女に選ばれただろう。だから代わりにお前を推薦しておいたんだ。嬉しいだろう？　霊力のない落ちこぼれなど存在価値がない。それが贄巫女にさえなれば皆が喜ぶ。生まれてきた意味もあるというものだ」

「は……」

白雪は客間の入り口に棒立ちになったまま、倒れそうになるのをかろうじて堪える。

つまり、白雪は夕姫の身代わりに差し出されたのだ。

（だからって、贄巫女なんて――）

霊力を失くした祝部の娘の扱いなどしょせんこんなもの。今まで何度も突きつけられてきた事実が、またもや白雪を打ちのめす。

黙りこくる白雪とは反対に、父親が抗議の声をあげた。

「まだ決まったわけではない！　娘を贄巫女にするなど、親としてできるものか！」

しかし猪飼子爵には痛くも痒《かゆ》くもないようだった。だらしなくあぐらをかき、父親に対して下卑《げび》た笑みを向ける。

「そうか？　登能家にとっても悪くはない話のはずだぞ。何せ多額の報酬が出るんだからな」

ぐ、と父親が言葉を詰まらせる。つかの間漂った沈黙を縫って、代わりに口を開いたのは白雪だった。

「おいくらですか？」

猪飼子爵は大きく腕を広げ、嬉々《きき》としてとんでもない金額を口にした。

――登能家の借金を帳消しにするどころか、再興が叶う金額を。

即座に白雪は客間に踏み入っていた。

「お引き受けします。なんでもやります。――それが死だとしても」

「白雪――！」

愛娘の即答に両親が悲鳴をあげ、弟の佑が「お姉ちゃん、死んじゃ嫌だよ！」という叫びとともに白雪の腰に縋《すが》りついてくる。けれど、白雪の決意は揺るがなかった。

白雪の人生も、命も、尊厳も、大切にしてくれる人は本当に少ない。

だからこそ、白雪はそのわずかな人たちを力の限り大切にしたかった。

（私の選ぶ道は一つだけ。誰になんと言われたって、私は私の役目を果たすのよ）

小刻みに震える手を拳に変える。贄巫女になるなんて恐ろしかった。だとしても、ここで我が身可愛さに怖気づいたら二度と家族に顔向けできない。龍神が救ったのはそんな人間ではないはずだ。

喉に込み上げてくるものを飲み下す。精いっぱい腕を伸ばし、家族を抱きしめた。

「ここまで育ててくださってありがとうございました。私一人で参ります」

「白雪……」

皆が抱きしめ返してくれる。その温もりだけで十八年の人生が報われる思いだった。

その神の屋敷には、白雪一人で向かうことになった。

簡単に荷物をまとめて自宅から出ると、すっかり日は暮れて空は深い藍色に染まっていた。細い月が夜空に浮かび、星々が銀色に瞬いている。

猪飼子爵から渡された地図を頼りに路面電車やバスを乗り継ぎ――辿り着いた先、真っ暗な山中のバス停にぽつんと一人降ろされて、白雪は呟いた。

「……ここが神のお屋敷？」

どう考えても違う。周りには鬱蒼とした木々が生えるばかりで、建物の影も形も見当たらない。小型バスが通れるくらいの山道は整備されているものの、帝都とは違って石も木の根もむき出しだった。ときおり聞き慣れない鳥の鳴き声が、闇夜に不気味な尾を引いて消えていく。

「なんだか怖いところ……。私、これからどうなるのかしら……」

家族には心配をかけないよう気丈にふるまったが、一人になったとたんに不安が頭をもたげてくる。冷たい風にうなじを撫でられ、小さく首をすくめたとき。

「おや、君が登能白雪さんかい」

「きゃあああっ⁉」

予告もなく横合いからかけられた声に、白雪は絶叫した。

「ごめんごめん、そんなに脅かすつもりはなかったんだよ」

それは二十代くらいの洋装の男だった。夏空を思わせる明るい青い瞳に、柔らかそうな麦藁《むぎわら》色の髪がよく映える。にこやかなその顔に、白雪は見覚えがあった。

「あ、あなたはまさか、夏を司る四季神の……」

震える問いにも、男は胡散《うさん》臭いほど明るい笑顔を崩さない。ぱちんと軽く片目を瞑《つぶ》り、真っ白いシャツの襟元を整えた。

「やっぱり僕ってば有名なんだね。そう、僕こそ四季神が一柱、名を陽天《ようてん》という。短い道中だけどよろしくね」

白雪ごときでは到底会うことも叶わない高位の神だ。気安くよろしくできる相手ではない。

白雪は風呂敷包みを抱え直し、じりじりと後退った。

「な、なぜそのような方がここに？」

「猪飼子爵から聞いていないかな？　君が今回の贄巫女だろう？　使者を仰せつかったんだよ」

「使者？」

「ああ。贄巫女に逃げられては困るからね。覚悟を決めていても、この森で一人ぼっちになると臆病風に吹かれる子が今まで何人もいたんだ。だから僕が迎えに来て、確実に送り届けるってわけ」

つまり白雪の捧げられる先の神は、この四季神を使者に用いることができるほどの位というわけだ。ますますどんな神なのかわからなくなってくる。

「……贄巫女を求めているのは、どのような方なのですか？　やはり噂通り、命を吸い取られてしまうのでしょうか」

「それは会ってのお楽しみってことで。じゃあ行こうか」

肝心なことには答えず、陽天はずんずんと山道を歩き出した。

そうして山を分け入った先に建っていたのは、平屋の御殿と洋館を組み合わせた広大なお屋敷だった。帝都でもめったにお目にかかれない豪邸に、白雪は目を見開いて風呂敷包みを抱きしめる。

屋敷は築地塀に囲まれていたが、瓦葺きの豪壮な四脚門が開かれていた。

「ほら、白雪さん。こっちだよ」

陽天に導かれるまま、洋館の玄関ポーチに辿り着く。その玄関扉にも鍵はかかっていないようだった。陽天が開けてくれた扉をくぐり、白雪は両手で口を覆う。

訪問客を出迎えるホールは吹き抜けで、床にはみっしりと目の詰まった緋色の絨《じゅう》毯《たん》が敷かれていた。鈴蘭の花を模った天井灯も、繊細な草花模様の壁も、見たことないものばかりで目が眩《くら》む。

しかし奥に続く廊下には明かりが点いておらず、こちらを呑《の》み込もうとする怪物が口を開いているかのように濃い闇がわだかまっていた。

山の上だからか、ひんやりした空気が白雪を包んだ。背後で扉が閉まる音がやけに大きく響く。まるで人の気配がなく、屋敷は死んだように静まり返っていた。

(全部知らないものばかり。――とても遠いところへ来てしまったのね、私は)

我知らず足が背後に退きそうになって、ぐっと引き戻す。最初からわかっていたことだ。もはやこの期に及んで逃げるものか。

白雪は己を奮い立たせるため、力強く宣言した。

「よくわかりました。このお屋敷の主人がどんなに恐ろしい人喰いの神でも、私は贄巫女としてこの命を捧げます！」

誓いは思いのほか高らかにホールにこだまする。次の瞬間、玄関脇の部屋の扉が乱暴に開き、青年が顔を出した。

「ずいぶん見上げた心意気だ。だが人喰いの神でなくて悪かったな」

刺々《とげとげ》しく吐き捨てたのは、凄《すご》みのある美貌の男だった。頭の後ろで軽く結えた艶《つや》やかな白銀の髪に、鋭い光を宿す切れ長の黒い瞳。長躯《ちょうく》を包むのは墨色をした紬の単衣で、裾には流水紋があしらわれている。白雪と同い年か少し上くらいに見えるが、とても気軽に友誼《ゆうぎ》を交わせる雰囲気ではない。

険しい目つきで男に睨《にら》まれ、白雪はその場に凍りつく。

心臓の音がうるさい。息が苦しい。限界まで目を開いているのに、目の前の光景が信じられない。

白雪は彼を知っている。

見間違えるはずがない。

どんな新聞の小さな記事でも、一度たりとも見逃したことはなかった。

(う、雨月様――!?)

そこに立っていたのは、いつも新聞越しにしか見かけることのなかった憧れの星、雨月だった。

「お前は贄巫女がなんなのか知った上でここまで来たのか?」

「あ、あの、その……」

「あんなに意気揚々とやって来た娘は他にいなかったが。破滅願望でもあるのか？」

「そ、そういうわけではなく……」

応接間に設えられたマホガニー製の机を挟んで、白雪は雨月と向かい合っていた。

（な、何が起きているの——？）

バクバクとした動悸《どうき》が収まらず、冷や汗が背中を滝のように流れ続けている。しかも陽天は「じゃ、僕はこれで！」と帰ってしまったので、屋敷には二人きりだ。

（私は家族のために贄巫女になることを決めた。だけどその相手が憧れの神であるなんて信じられる？）

白雪は椅子に座ってうつむいたまま、先ほどからまともに口も利けなかった。目の前にいるのはこの十年追いかけていた人、いや神。星は天上にあるから仰げるのであって、目の前に転がってきたら隕石《いんせき》という自然災害である。もちろん空木津国ではそれが人に直撃することなどないが。

熱に浮かされたような白雪に、雨月が深く腕組みをする。

「今までにも何人もの娘がここへやって来たが、全員が俺を怖がって逃げた。お前も同じだろう。先ほどからひどく震えている」

「え……」

違う、と白雪は言いたかった。確かに応接間に入ったときから体の震えが止まらないが、それはいわゆる武者震いというやつで恐怖など一筋も感じていない。

「俺は別に、昔話のように巫女の命を奪うつもりはない。だが、俺に怯えない人間など今まで一人もいなかった。お前もまたその有象無象だろう」

皮肉混じりの語り口は棘にまみれている。けれどその刹那、ほんの一瞬、雨月がそっと伏せた瞳の翳《かげ》りに、白雪は気づいてしまった。

それで呪縛が解けたように、突然動けるようになった。

「わ、わ、私はっ」

息せききって言えば、ものすごい勢いで声が裏返った。恥ずかしい。

急に声を発した白雪を雨月が何事かと凝視する。顔に熱が集まるのを感じながら、白雪は勢いよく頭を下げた。

「私は微塵《みじん》も怯えておりません！　雨月様にお許しいただけるのであれば、どうか贄巫女にしてください！　何をするのか存じませんが、たくさん働きます！」

「……正気か？　お前は、俺が恐ろしくないとでも言うつもりか？」

雨月が疑わしげに呟き、眉間に皺を寄せる。苦み走った顔には不信の念がありありと浮かんでいた。

白雪は正面から雨月を見つめる。その厳めしい面持ちを前にしても、答えは変わらなかった。

「はい、少しも恐ろしくありません」

雨月が両目を見開く。よく磨かれた硝子玉でも嵌《は》まっているかのようだった黒色の瞳に、わずかに光が差し込んだ。綺麗に生え揃ったまつ毛の先がささやかに揺れる。

白雪は膝の上で拳を握り、言葉を続けた。

「私にとっては、他の巫女の方々が恐怖を抱く理由の方がわかりません」

嘘偽りなく、全て白雪の本心だった。今のところ、雨月に恐れる要素は見当たらない。贄巫女を求めているとはいえ、黙って震えているだけなら、この神様はおそらく家に帰してくれるのだろう。

しばらく無言で白雪を眺めたのち、雨月は口を開いた。

「今まで来た巫女たちは俺の神気の異常な強さを感じ取って、本能的な恐怖に駆られるようだった。五分もしないうちに様子がおかしくなって、泣き喚《わめ》いて手がつけられなくなる。巫女はなまじ霊力が高いばかりに、その辺りにも聡《さと》いのかもしれない。お前はいつまで保つだろうな」

「異常な強さ、ですか？」

「俺の務めは堕ち神を屠《ほふ》ることだ。ゆえに、他の神を遥かに凌駕する神気を持っている。誰と立ち合おうと負けることはない。それが〈神殺しの龍〉だからな」

雨月の話は自慢を超えて傲慢でさえあるのに、その口調はひどく淡々としている。彼にとってはただ事実を述べているだけなのだろう。白雪は内心、圧倒された。

「しかしかつての同胞を手にかけるという所業は、神々の中でも特異で忌《い》み嫌われるものだ。巫女も含めて、誰からも遠ざけられる。それゆえ花巫女を持つことは望めないと考えていたが――なぜお前は平気そうにしていられるんだ」

雨月は不思議がっているが、白雪には心当たりがある。もしかすると、霊力のなさのせいで、雨月の神気の恐ろしささえ感知できないのではないだろうか。それならそれでよかったと自分の体質に初めて感謝する。

（……そんなことより、今、雨月様は忌み嫌われると仰った？）

その一語があまりにも聞き捨てならなくて、白雪は前のめりになった。

「雨月様が嫌われているなんてありません。帝都の中にも、雨月様に感謝している人は必ずいます。堕ち神は、人間では手も足も出ない恐ろしい存在です。そこに雨月様が現れて、助けてくださったら――きっと一生忘れられません」

私のように、と言いかけて口をつぐむ。おそらく雨月は昔救った人間の小娘のことなど覚えてもいないだろうから、ここで過去を明かすのはなんだか都合が良すぎて嘘《うそ》っぽくなってしまう気がした。

星彩の降る音さえ聞こえそうなほどの静寂が応接室を押し包む。雨月の瞳はこの話をしている間中、白雪を捉えて離さなかった。

「──お前は唯一、俺を恐れなかった巫女だ。そんなお前が、贄巫女になるつもりでここへ来たという。二言はないな？」

「はい、もちろんです」

空気がいっそう重みを増したのを気取り、白雪も襟を正す。これから何を言われるのか、見当もつかなかった。

雨月が薄く唇を開き、かすかに息を吸う。

「お前こそが、俺の花巫女だ。今後、他の神のものになることは許さない」

その言葉を理解するのに、一拍の間が必要だった。

「は……っ!?」

白雪の口から転がり出たのは、絶句したような息遣いだけ。冗談かと思った。しかしいくら待っても、雨月は否定の言葉をくれない。

（私が雨月様の花巫女!?　贄巫女ではなくて？　あり得ないわ。だって私には霊力もないのに……！）

混乱する白雪に対し、雨月も表情を硬くしている。不機嫌、というよりは、緊張しているように見える。そう思って白雪は我が目を疑った。緊張!?　新聞記事では楽々と堕ち神を討伐していた彼が？

「俺が花巫女と言うのがおかしいか」

「い、いえ、そうではなく……なぜ私ごときを選ばれるのか、と……」

雨月よりも白雪自身に多大な問題がある。しかし雨月は涼しい顔で躊躇なく言い切った。

「神の直感に理由が必要か？」

必要だ。少なくとも落ちこぼれ巫女の白雪にとっては。しかし動転した白雪が反駁《はんばく》する前に、雨月が着物の裾をさばいて立ち上がった。

「さて、花巫女のお前にまずはこの屋敷を案内する。それから話の続きをしよう」

一通り屋敷を巡った後、白雪は雨月の書斎に通された。

壁一面を本棚が占める、広々とした洋間だ。向かい合って置かれた椅子に座り、白雪は自失したまま対面にある雨月の顔を眺めていた。そばの机には、いつの間にかティーセットが用意されている。

「あの、私が花巫女というのは……」

「言葉通りの意味だ。嫌だと言っても、もう離してやるつもりはないが」

「い、嫌、ではありません、が……」

雨月はきっと、初めて自分に怯えない巫女に出会い、花巫女を見つけたと思い込んでいるのだろう。しかしおそらくは、霊力のない白雪が鈍感すぎるだけなのだ。運命だからではない。

白雪は震える指でティーカップを持ち上げ、気を落ち着かせるために一口飲んだ。爪がカップにぶつかり、カチンと小さな音を立てる。甘い匂いが漂っているのに、ちっとも味はわからなかった。

「その、雨月様は当初、贄巫女をお求めでしたよね？　その理由を聞いても……？」

まずはそこから解きほぐしていこうと、カップを置いて問いかける。

雨月が軽く頷いた。

「俺が贄巫女を求めていた理由はこれだ」

言いながら、雨月の右腕の袖がまくられる。手首の辺りに白銀の鱗《うろこ》のようなものが生えていた。洋燈の明かりを受けて、ちらちらと虹色に瞬く。十年前、白雪はこれと同じものを見たことがあった。

「龍神の鱗ですか？」

「よく知っているな。その通りだ」

雨月は淡々とした調子で続けた。

「これは龍の呪いだ。この呪いに体を蝕《むしば》まれると――いずれ全身を鱗に侵食され、人間の思考もない龍となって、そのまま永い時を生きることになる」

それは、人間である白雪には想像もつかない深遠な事情だった。

龍となって人間の思考を失うというのは——死と同義ではないのか。

白雪は雨月の顔に目線を走らせる。目の前の神様が、その白々とした表情の下で、途方もない重荷を抱えているのではないかとそればかりが案じられた。

「い、痛みはないのですか？　体の具合は大丈夫ですか？」

動揺する白雪の口から飛び出してきたのはそんな平凡な言葉。風邪の話をしているんじゃないのに、と自分の馬鹿さ加減にうんざりする。

しかし雨月は一瞬、虚を衝かれたように瞬いた後、わずかに口の端を吊《つ》り上げた。

「少しはあるが、耐えられないほどじゃない」

「痛みがあるのではないですか。な、何か薬とか……」

「いいから、話を聞け」

雨月は狼狽《うろた》えまくる白雪を抑え、説明を再開した。

「呪いの進行を抑えるためには、花巫女の霊力を用いる〈神鎮めの儀〉が必要だ。だがいくら探しても見つからなかった。だからせめて贄巫女を取ろうとして——もちろん、古代の神とは違って喰らうつもりはなかったが——結局、今まで成果はなかった。どの巫女も怯えるばかりで俺のそばにはいられなかったからな」

その声はどこか暗い淵から届くようだった。孤独と諦めがない交ぜになったような寂しげな響きに、白雪はこの神様の辿ってきた道を思う。

こんなふうに呪われた宿命を持つ神など、空木津国でもたった一人だろう。その中で死への恐怖に耐え、花巫女を探しては空振りに終わっていた胸中はどんなものだったのか。白雪の浅はかな空想ごときが及ばない領域に違いない。

けれど書斎の暗い窓にぽつんと映る雨月の横顔は、全てを受容したように凪《な》いでいる。それがぎゅっと白雪の胸を締めつけた。

「れ、霊力、ですか……」

だからこそ、白雪の答えは揺れる。先ほど抱いた感謝を投げ捨て、自分の無力さを恨みたくなった。

雨月が皮肉めいた笑みをこぼす。

「どうした？　顔色が悪いぞ。こんなわけのわからない話を聞かされては、さすがに怖気づいたか」

「そうではなく……っ」

自分には霊力が少ない、と打ち明けようとして反射的に口を閉ざす。

落ちこぼれ巫女がどれほど頼りないか、白雪はよく知っている。この場でそれを明かして、雨月を落胆させたくなかった。

急に黙り込んだ白雪に、雨月が不審そうにしている。

「これから〈神鎮めの儀〉をしてもらうことになるが――花巫女が何をするかまでは、学園でも教わっていないだろうな？」

「は、はい」

白雪は焦りを押し込めるように、急いで頷いた。

学園の教師はその詳しい内容を説明してくれなかった。というより教えることが不可能なようなのだ。神によって何をするのかが違うらしい。噂では、霊力を込めた料理を作るとか美しい舞を舞うとか聞いた。

（料理ならまだしも、もし神楽だったらどうしよう……！）

巫女学の授業を真面目に受けていなかったことを痛烈に後悔した。霊力のなさは自分ではどうしようもないが、歌舞だったら努力次第でどうにかできたのに。

「こちらへ来い」

雨月がひらりと着物の袖を翻し、指先で白雪を招く。白雪は顔をこわばらせ、ぎこちない足取りで椅子に座る雨月のそばに近づいた。

「座れ」

「はい」

「床にじゃない。ここに」

そう言って示されたのは、雨月の膝。一瞬意味を測りかね、白雪はぽかんとする。

「何を固まっている？」

「だ、だって、雨月様の膝の上に座るということですか……!?　私は重いですし、そんなことはできません……っ」

「俺がお前一人抱えられないほど脆弱に見えるか？　儀式に必要なだけだ。……ああもう、面倒だな」

「きゃっ」

雨月が白雪の腕を引く。体勢を崩したところで、軽々と膝の上に横抱きにされた。背には雨月の腕が回され、がっちりと腰を抱えられる。とんでもなく顔が近い。

「ひゃあ……」

白雪の口から間抜けな声が漏れた。洋燈の明かりを浴びて輝く白銀の髪も、すっと通った鼻筋も、形の良い唇も、新聞記事とは比べ物にならないくらい間近にある。白雪の思考回路は完全に焼き切れ、おとなしく雨月の膝の上に収まるしかなかった。

雨月が白雪に視線を向け、当然のように言う。

「もっと顔を近づけろ」

「えっ!?」

近づける、とはどういう意味だっただろうか。巡りの悪い思考を働かせているうちに、後頭部に雨月の手が添えられる。それは抗い難い力で、ぐ、と白雪の顔を雨月の方へ近寄せた。

(待っ……こ、これって……!)

黒色の瞳に、白雪の焦り顔が映るのが見える。雨月の表情に熱は感じられなかった。その銀色のまつ毛の一本一本が数えられるところで、白雪は耐えきれずに目を閉じた。

こつん、と額に何かがぶつかる。

(……あら?)

そのまま雨月は動かない。どうも感触からすると、額同士を合わせられているらしかった。子どもの体温を測るときの仕草に似ている。

ただ触れ合う肌を通じて、雨月との間に一筋の線が繋がるような感覚を覚えた。額が熱くなって、だんだんと霊力が雨月の方へ流れていく。

「あの、これは……?」

「じっとしていろ。額には霊力の通り道があるから、こうしているだけで構わない」

そんな話を学園で聞いたような記憶もあるが、この状況では冷静に授業を振り返る余裕もない。閉じた瞼の向こうに感じる静かな気息も、白雪を抱える腕の力強さも、額に触れる前髪のくすぐったさも、何もかもがこちらの鼓動を乱す。

じわ、と背中に汗が浮いてきた。一瞬、こめかみの奥に刺すような痛みが走る。人生で初めて感じる手応えだった。こちらの思考を蕩かすような目眩《めまい》に見舞われ、背筋がぴりっと痺れる。

神相手だからだろうか。枯渇しかけの霊力を根こそぎ持っていかれている。気を抜けば雨月にもたれかかってしまいそうだった。

そうだとしても、と白雪は唇を噛《か》みしめる。音を上げるわけにはいかない。雨月はじっとしていろと言ったのだ。なんとしても彼の役に立ちたい。

白雪はこの十年ずっと、折れそうな心を雨月に支えてもらっていた。それは一方的で身勝手な感謝と憧憬に過ぎなかったけれども、雨月の活躍が清々しいほど、彼に助けられた自分も清く正しく生きようとしゃんと前を向いていられたのだ。

だとしたら、今このときをおいてなお、恩を返す機会はない。

黙って儀式を進めることしばし。白雪がふらつきそうになった頃になって、雨月が突然白雪を放した。

「ど、どうされましたか？　効果はありましたか？」

「ああ、あった。見てみろ」

雨月が白雪の前に腕を差し出す。確かに、鱗がほんの少し薄くなっていた。白雪はこんなことをするのが初めてだから、それがどのくらいの効果かはわからない。

「まさか最初から変化があるとは思わなかった。……ありがとう」

「そんな、私は何もできていません。ぼんやり座っていただけです」

お礼を言われるなんて思ってもみなくて、卑屈な言葉が口をつく。

雨月が、じろりとした目つきを白雪へ送った。

「自分の行いを過小評価するな。お前は多量の霊力を俺に送ってくれた。使いすぎなくらいだ。今日はこれで終わるから、早く休め」

「私はまだ大丈夫ですよ」

「そんな顔色をした人間に言われても説得力がない」

どんな顔色ですか、と食い下がろうとして、舌がもつれる。ひどく喉が渇いていた。

(雨月様の仰る通り、結構苦しいわ、これ……)

緊張が解けて、急に脱力してしまう。こうして座っていられるのが不思議なくらいだった。それでも胸の内側には、ここ数年感じられなかった達成感が広がっていく。

「私は、少しはお役に立てたのですね……」

冷や汗の浮いた額を拭って、雨月の膝から退こうとする。けれど体が重心を失って、思い切り雨月の胸元に倒れ込んでしまった。かすれた視界の中、早く移動しなくては、と欠けた思考の端で思う。いつまでも近くにいるのは不敬すぎる。

「おい、しっかりしろ――!」

けれど指先を動かすことさえ叶わず、白雪の意識は暗転した。

誰かに抱きしめられたような感触だけを名残に留めて。

白雪が目を覚ますと、目の前には知らない天井が広がっていた。

「ここ、どこかしら……？」

独りごちると同時に記憶が蘇《よみがえ》り、勢いよく飛び起きる。白雪は、広い座敷の中央に敷かれた布団に寝かされていた。明かり障子から入り込む朝日で目がしぱしぱするが、よく眠ったせいか体は軽い。

（昨日、私は雨月様のお屋敷に行って……〈神鎮めの儀〉で龍の呪いを少し抑えて……）

そして霊力を使いすぎて気絶した。最悪だ。

（霊力が少ないことがわかってしまったかしら。こんな役立たず、追い返されるかもしれないわ……っ）

どうしようと頭を抱えていると、滑るように襖が開いた。

「目を覚ましたか」

「雨月様!?」

そこには雨月が無表情で立っていた。身にまとう黒っぽい着流しは新聞記事では見なかったものだ。珍しい。

その端正な立ち姿を白雪が心の写真機に収めていれば、雨月が大股で近づいてきた。

そのまま膝をつくと、なんの予備動作もなく、白雪の額に手を当てる。

「ひゃっ」

「……熱はない。顔色も良くなっているな」

どうやら体調を気にかけてくれているようだった。それにしても朝起きてすぐに御尊顔を拝謁するというのは大変に心臓に悪い。せっかく恢復《かいふく》した体調がまた悪化していく気がする。

雨月は少し離れると、腕組みしてこちらを厳しい顔で見据えてきた。

「昨日、何があったか覚えているか」

「お、覚えています。すみません、ご迷惑をおかけしてしまい……」

「謝るべきは、無理をさせた俺の方だ。悪かったな。……もう嫌になったか？」

「私なら平気です。それに〈神鎮めの儀〉をしないと、雨月様は……」

「龍の呪いは龍神の宿命だ。そもそも抗おうとするのが摂理に反している。お前に犠牲を強いてまで、自儘《じまま》を通すつもりはない」

そう答える雨月の面持ちは揺るぎない。朝日よりもよほど眩《まばゆ》い光を宿した瞳に、白雪は返事もできなくなる。

こういう高潔さが、白雪が雨月を追いかけてしまう一因だった。

決して自分の都合を押し通すことを良しとはしないのだ。たとえ自分の命がかかっていても。

（でも私は、霊力が干からびても構わないから雨月様のお役に立ちたい。こんな機会、私の人生には二度と来ないもの。諦めるなんてできないわ）

布団をぎゅっと握りしめ、白雪は雨月に問いかける。

「雨月様は、呪いの進行を遅らせるために色々と手を尽くされていたはずです。その原動力はなんだったのですか？」

雨月は一瞬、視線を揺らした。わずかに口を開きかけ、そしてまた閉ざす。白雪は目をそらさなかった。辛抱強く待った。

障子窓の外からは、のんびりとした鳥の地鳴きが聞こえる。

やがて雨月は根負けしたように息をつき、ささやかな声で告げた。

「……一人、礼を言いたい人がいる。それまでは、生きていたい」

「お礼を？」

「俺にとっての恩人のようなものだ。その人に報いるまで、時間が欲しい」

雨月の過去に何があったのか白雪は知らない。けれどその目つきの慕わしさも、語調の柔らかさも、彼がどれほどその人との思い出を大切にしているかを物語っていた。

無防備に心を晒《さら》してしまったのをごまかすように、雨月が軽く鼻を鳴らす。

「まあ、昔のことだから相手は忘れているかもしれないが。些細すぎて笑えるだろう」

「笑いません」

その気持ちは痛いほどよくわかった。白雪も同じものを抱えてここにいる。

(その人が覚えているかどうかなんて関係ないわ)

どれほど小さなことでも、たとえ相手にとっては無価値なことでも、救われた側からすれば永遠なのだ。この心に芽生えたものを消し去ることは誰にもできない。

(それに、雨月様にそういう方がいるなら、良かった)

花巫女を得られなかった神様。その孤独の底に灯る明かりがあるなら、何よりも喜ぶべきだ。

「正直に言えば、私が花巫女だという自覚は持てません。何かの間違いじゃないかと、今も思っています。でも」

白雪はにっこりと笑う。

「私はどこにも行きません。雨月様がその方と再会するまでおそばにいさせてください」

「強情な娘だ」

突き放すようなことを言いながらも、雨月の口元にほんのわずかな笑みが滲む。白雪の心臓がぎゅうっと痛んだ。

それは屋敷を訪れて初めて目にした、雨月の笑顔だった。

そういうわけで、白雪は花巫女として屋敷に居着くことが許された。

雨月からは「好きな部屋を使えばいい」というお言葉を頂戴したが、玄関のそばにある小さめの座敷を根城と定めた。おそらく使用人用の部屋だろうが、これくらいの方が落ち着く。

荷物はすでに家族から送られてきており、大切なものは全て運び込まれている。十年かけて作ってきた、雨月の活躍を報じた新聞記事の切り抜きを集めた台帳も。

家族へ金銭援助をしてもらえたうえに、雨月の屋敷で過ごせる。これが夢でなくてなんなのか。あまりに自分に都合が良すぎるので、毎朝起きるたび、白雪は夢と現実の区別をつけなくてはならなかった。

「雨月様のお屋敷で目覚めるなんて、夢!? ……夢じゃなかったわ……。雨月様が私の朝餉《あさげ》を食べてくださったのは!? ……これは夢だったわ……がっかり……」

雨月の屋敷で過ごすことになって三日。早くも白雪は時間を持て余し始めていた。

何もしないでいるのは白雪の気性に反するが、雨月は「お前は俺の花巫女なのだから、ここにいるだけでいい」と特に仕事を与えてくれない。

その雨月も堕ち神の討伐に出かけているから、日中はほとんど顔を合わせない。

他のことでも役に立ちたくてせっせと家事をしてみるものの、雨月の反応は芳しくなかった。

「俺はお前を使用人として雇ったわけではない。別に家事はしなくても構わない」

そう言われるのもむべなるかな。この屋敷にはなんらかの術がかけられているらしく、ひとりでに掃除や洗濯がなされている。もはや白雪は屋敷と競い合い、素早く皿洗いや洗濯をしている有様だった。しかもたまに負ける。

（でも何かをしていないと、私の存在価値が本当にないわ）

雨月は白雪が昏倒《こんとう》したのを気にしているらしく、〈神鎮めの儀〉は毎日しなくてもよいと言い渡されてしまった。

（私が花巫女というのも、全然実感がわかないし……）

花巫女は運命によって決まるというが、白雪は全くそれを感じ取れない。どう考えても雨月の思い違いのような気がするのだ。

今は花巫女として扱われていても、霊力のなさがバレてしまえばすぐに追い出されるに違いない。そうしたら、白雪の将来は真っ暗だった。実家に帰ったとて、この先誰からも望まれず、求められず、漠然と時間を食い潰して日々を過ごすだけだ。

（……いえ、あんまりくよくよするのは良くないわね。〈神鎮めの儀〉以外にもお役に立てば、その分だけ長い間お屋敷で過ごせるかもしれないもの。もっと頑張りましょう。落ちこぼれの私にできるのは、それだけだわ）

その日、白雪は裏庭の井戸で布巾を洗おうとしていた。手押しポンプを押して盥《たらい》に水を張れば、水面で日差しがきらきら弾ける。

暗い考えをすすぐように布巾を洗濯板で擦り始めたとき、ふっと手元に影が差した。顔を上げると、西の方から鈍色の雲が湧き上がり、一息に空を覆い尽くしている。水面が急に輝きを失う。湿った風に乗って、遠くから雷鳴が聞こえてきた。

心臓が嫌な音を立てて動悸を打ち始める。

それでも目だけは油断なく、裏庭の地面から湧き出る黒い靄《もや》と、その靄から現れた巨大な人型の異形を捉えていた。

猿に似た頭に、血濡れたような両目。

白雪はこれを知っている。十年前、全く同じモノを前にした。

(堕ち神――)

腹の底から恐怖が突き上げてきて、全身が激しく震える。叫び声さえあげられず、へなへなと地面に尻をついた。着物が汚れても気にしていられなかった。

堕ち神は穢《きたな》らしい呻《うめ》き声をあげながら、ゆっくりと白雪の方へ近づいてくる。逃げなきゃ、と頭の中で囁《ささや》く声がした。そんなことはわかっている。だけど足は萎《な》えて使い物にならなくて、手は虚しく土を引っ掻くだけ。

堕ち神が白雪のほんの一メートル足らず先で立ち止まる。肉の腐ったような、吐き気を催す臭いが鼻をつく。視界が涙で滲み白雪は忙しく瞬いた。頭は真っ白だった。

(やだ、嫌だ、誰か……!)

稲光が眩く白む空の下、鳴り響く雷鳴とともに堕ち神が腕を振り上げる。白雪に許されたのは、死を受け入れるように目を閉じることだけだった。

「——その娘に近づくな」

ぽつ、と雨粒が鼻の頭に当たる。ついで篠《しの》突く雨音が堕ち神の呻きを掻き消した。だがたった今届いたその声を、白雪が聞き間違えるはずはない。

雨に濡れた瞼《まぶた》を持ち上げる。

情けなくへたり込んだ白雪の前に、雨月が立ち塞がっていた。右手に刀を持っている。その刀身にまとわりつく水の粒の輝きが、白雪の目を射貫いた。

「失せよ堕落の神。この空木津の地にお前の居場所はない」

雨月は呟き、軽々と刀を振るう。白刃が雨中に閃《ひらめ》いたかと思うと、次の瞬間には輝く鋒《きっさき》が堕ち神の首に食い込み、あっけなく頭部を地に落とした。

首が鞠《まり》のように弾んで庭を転がっていく。それを追うように堕ち神の体がくずおれ、ぬかるむ地面にべちゃりと倒れた。その上にも雨は容赦なく降りかかり、堕ち神のボロボロの皮膚や肉を骨から剥《は》がしていく。

「白雪、無事か」

一瞬、その名が自分のものとは思えなくて、白雪は呆然《ぼうぜん》と雨月を見上げた。雨月はすでに刀を鞘《さや》に収め、白雪に手を差し伸べていた。

差し出された手に目を落とす。袖から見える手首から甲にかけて、いつもよりもくっきりと硬質な鱗が覗いていた。そっと視線を上へ向けると、雨月の額からは異形のツノが生え、瞳の色は金に変じ、瞳孔も切れ込みを入れたように鋭く窄《すぼ》まっている。

「は……」

声が喉に絡んですぐには返事ができなかった。何度か咳《せ》き込み、一つ息を吸い、白雪はがくがくと頷く。

「はい……ぶ、無事、です……」

姿の変わった雨月から目が離せない。不躾《ぶしつけ》な視線に気づいたのか、雨月はこちらへ差し伸べていた手をすっと引っ込めた。

「……これが〈神殺しの龍〉の力だ。自分が何の前にいるか理解したか？　さぞかし恐ろしいだろう」

雨足が徐々に弱まっていく。雲の切れ間から明るい光が降り注ぎ、雨月を鮮やかに照らし出した。あの雨は龍神の力によるものなのか、彼自身は少しも濡れていない。

水漬いた庭に佇《たたず》む姿は超然としていて、白雪は祈るように両手を合わせる。体が震えて仕方がなかった。心の底から湧いた想いが、止める暇もなく口をついた。

「か、かっこいいです！」

「は？」

「とっても綺麗ですし、ちょっと触ってみたいですし……あ、ああっ、ええと」

思い切り大声を出してしまって我に返る。しまった。後先考えず呆《ほう》けた感想を伝えてしまった。たぶん今求められていたのはこういう答えではないのに。しかも触ってみたいなんて不遜《ふそん》すぎる発言だった。

雨月は怪しむように眉間を皺めて白雪を見つめている。白雪は二、三度咳払いをして、しとやかに首を横に振った。

「いえ、なんでもありません。助けてくださってありがとうございました」

白雪の心は急速に晴れ渡っていた。やはり雨月は白雪の神である。その姿を見た瞬間、さっきまで胸を塞いでいた不安やら憂鬱やらが吹き飛んでしまった。そこに在るだけで白雪に活力をくれる存在。日々を照らしてくれる星明かり。今はただ、これからもこの方のために頑張ろうというやる気だけが満ち満ちている。

そうだ、落ちこぼれだろうがなんだろうが、それだけでよかったのだ。

「無事なら良かったが……」

幸いにも雨月は白雪の妄言を幻聴として片付けることにしたらしい。気を取り直したように白雪の左手を指差す。

「手のひらに怪我をしている。早く手当てをした方がいい」

広げた手を見やれば、地面にへたり込んだときに擦りむいたらしかった。血の滲んだ傷口を認識したとたん、ズキズキとした痛みが襲ってくる。

「これくらい平気です。転んでできたかすり傷ですから。堕ち神につけられた傷ではないので、瘴気も関係ないですし」

「……そうか」

雨月の顔つきは妙に深刻そうだった。彼のせいで負った傷ではないのに、気にしているのだろうか。白雪はことさら明るく笑ってみせた。

「本当に大丈夫ですよ。それより、〈神鎮めの儀〉をした方がいいでしょうか？　今、私のために力を使っていただいたので……」

「そんなことより、お前の方が大切に決まっているだろう。立てるか？」

立てます、と白雪が答えようとしたときには遅かった。雨月は苦もなく白雪を横抱きにして、すたすたと屋敷の方へ向かう。

「えっ、あ、あの……っ、一人で歩けます……！」

「怪我人はおとなしくしていろ。部屋まで届けるだけだ。そう騒ぐことではない」

大騒ぎすべきことだ。白雪の人生でこんなふうに扱われたことは一度もない。怪我したのは手だというのに、とんでもない厚遇だ。

(花巫女は大切にされるとは聞いていたけれど……こんなに甘やかされるなんて……。そもそも、私は贄巫女のはずなのに……)

心臓が、さっきまでとは全く異なる調子で脈打ち始める。白雪は緊張と申し訳なさに身を縮め、できるだけ息をひそめた。

雨月に自室まで送り届けてもらい、自分で手のひらに包帯を巻いた後、白雪は硯《すずり》に墨を磨《す》っていた。墨のこすれる小気味良い音を聞きながら、十年前、堕ち神に襲われ、雨月に救われたときのことを思い出す。

白雪の心を支えてくれるのは、いつだってその記憶だった。

(まさか、また雨月様に助けてもらえるなんて……)

そうして白雪は筆を持ち、精神を研ぎ澄ませる。息を止め、最初の一線を描いた。

そう、書くのではなく、描いた。

実は白雪の書く文字にはわずかながら霊力がこもってしまう。そのため、日常生活ではあまり文字を書かないようにしていた。

そこで、何か忘れたくないことがあるときは、絵を描き残す。絵の具を買うほどの余裕はないので墨絵だが、素人なりに上手いと思う。

(さっき雨月様に助けられたことをいつでも思い出せるように、今のうちに描いておきましょう！）

反古紙を引っ張り出し、習作を重ねていく。参考資料として新聞記事の切り抜きを貼った台帳も開いて置いておく。

白雪は素描に集中していた。だから廊下の向こう、近づいてくる足音に気がつかなかった。

「白雪。塗り薬を持ってきた。手当に使え」

「えっ雨月様!?　あ、待っ……」

一刻の猶予も与えられず、部屋の襖が引き開けられる。

そこには雨月が立っていた。おそらくすり傷に効くのだろう、軟膏《なんこう》の小さな容器を持っている。

「……この部屋の惨状は一体どうしたんだ」

いつしか白雪の部屋には紙や帳面が散乱し、足の踏み場もなかった。紙には墨で絵が描かれ、広げられた帳面には新聞記事が丁寧に貼り付けられている。

そのどれもが雨月に関するもの。雨月は訝《いぶか》しげに一つ一つを眺め回し、柳眉をぴくりと寄せた。

卓袱台《ちゃぶだい》に向かって一心不乱に絵を描いていた白雪の手から、ころりと筆が転がり落ちる。

「……あ、あ……ああ、あ……」

一拍置いて、屋敷中に白雪の絶叫がこだました。

いっそ殺してくれと誰かに願ったのは白雪の人生で初めてだった。

「申し訳ございません申し訳ございません！」

「これはなんだ？」

「ほんっとうに申し訳ありません、全て白状しますので追い出さないでください！」

「話があるなら聞くが」

雨月は部屋の入り口に立ち、畳に額をこすりつける白雪を見下ろしている。

恐ろしくて頭を上げられないまま、白雪はこれまでの来し方を洗いざらい喋った。

十年前の出会いだけは曖昧にぼかして。

その間、雨月はときおり「へえ」とか「そうか」とか呟くのみで目立った反応を見せなかった。平坦な声からはなんの感情も読み取れない。怖い。

（雨月様が何も仰らないのは、嵐の前の静けさかしら。同居人がこんな感情をひた隠しにしていたと知ったら、きっと不気味に思うわよね）

空木津の八百万の神々に誓って一片たりとも後ろ暗い思いはないが、雨月が身の危険を覚えてもおかしくはない。

白雪が懸命に語り終えると、部屋には耳の痛いほどの静寂が満ちた。

（……何か、何か仰ってほしいわ！　沈黙が一番痛いもの！）

白雪の祈りに応えたように、雨月がゆっくりと部屋に入り、後ろ手に襖を閉める。

その乾いた音は、白雪には己の首を落とす音に聞こえた。

「白雪は絵が描けたのか」

「へ？」

雨月は足元に散らばる切り抜き帳と反古紙を手に取る。それをしげしげと眺め、顔面蒼白の白雪をちらと見やった。

「なかなかよく描けているな。俺がやけに美化されているのが気になるが」

「美化していません。私の目からはそう見えています」

まっすぐに答えを返すと、雨月が微妙な顔つきになった。

「……こんなことは聞きたくないんだが、白雪は俺に懸想しているのか？」

「全く違います!!」

とんでもない誤解に、白雪は激しく首を横に振って否定する。首の筋を違えてしまうのではないかというくらいの勢いだった。仏頂面になった雨月が唇を曲げる。

「そこまで力いっぱい否定することか？」

「力の限り否定させてください！　なんて恐ろしいことを仰るのですか!?」

「堕ち神に遭っても元気いっぱいだった奴が何を宣《のたま》っているんだ」

「堕ち神に襲われるより怖い状況ですから……」

二の腕に鳥肌が立って、白雪は思わずさすってしまった。

雨月の眉間にはわずかに皺が寄っている。微妙に怒っているようだったが、白雪の熱のこもった習作や、隙間なく記事が敷き詰められた台帳を気味悪がっている、というふうではなさそうだった。

(予想外の反応ね……？　これはもう、もっと正確に説明した方がいいのかしら？)

今まで誰からも共感を得られなかったので不安はあるが、恐れ多くも白雪が雨月に惚《ほ》れていると勘違いされるより百倍ましだ。

「ええとですね、雨月様」

白雪は咳払いして喉の調子を整える。何が始まるのかと怪しむような雨月に向かい、ぴんと背筋を伸ばして堂々と宣言した。

「一言で言えば、私は雨月様の贔屓筋なのです！」

雨月の視線が、答えを探すように宙をさまよう。

「贔屓筋……歌舞伎の？　それがお前と関係してくるんだ」

「はい、気に入った役者を応援する人々ですね。熱心に公演に通ったり、多額の資金援助をしたり。最近は歌舞伎以外にもそのような人々は増えているそうですが、それはともかく。……彼らはどうしてそのようなことをしていると思われますか？」

白雪の問いに、雨月は「さあ」と戸惑いがちに返事をよこした。

「その役者の演技が素晴らしいからじゃないのか？」

「もちろん、それはあると思います。――ですが」

白雪は両手を握って強く頷く。価値ある物に投資するのはまっとうな心の動きだ。しかしそれだけでは、白雪はここまでの情熱を抱かなかった。

「私は、遠くで輝く他者を応援することによって、自分の人生もまた輝かしいものになるからではないかと思うのです」

神々の花巫女になりたいとはしゃぐよりも、白雪はそのあり方にこそより通じ合うものを覚えた。だからこそ花巫女として雨月の隣に立つ自分の姿なんて、未だにさっぱり想像できなかった。

白雪のこれは恋情ではない。そしてもちろん妄執でもなく、狂気でもない。

ひたむきで、ありふれた、希望の話だ。

「私が雨月様に抱く気持ちも同じようなものです。私は雨月様に命を救われて、そのお姿が輝いて見えた。今だってご活躍を拝見すれば、毎日を生きる力をもらえる。挫《くじ》けそうなときも、雨月様に救われた命として恥じないように頑張ろうと踏ん張れる。単純なのですよ」

小難しい講義でも聞いているように顔をしかめ始めた雨月を置いてきぼりに、白雪の語り口はだんだんと熱を帯びる。

「だからお役に立てる機会があればできる限りお支えしたい。その視界には入らずとも構わない。当然、雨月様にやましい感情など一切、向けていません。不埒《ふらち》な思いを抱くなど言語道断というわけです。」

雨月が、わずかに覗く畳の隙間に腰を下ろし、頭痛を堪えるように額を押さえる。

「全く理解できないが……それなら、お前は何か俺にしてほしいことはないのか？」

「あ、それなら」

言いさして、白雪は口元を手で押さえた。当然のごとく雨月が見咎《みとが》める。

「なんだ、言ってみろ」

「でも……私が望むにはあまりにも恐れ多いですし……」

「言え」

「はい」

妙な圧力を感じ、白雪は口を割った。

「その……私の作った料理を、雨月様に食べていただけたら嬉しいなと思ったのです。もちろん私は大した腕前ではありませんが、一口だけでも、なんて……。や、やっぱり今のは聞かなかったことにしてください、恥ずかしいことでした！」

一度、雨月が白雪の作った朝餉を食べてくれる夢を見たときに、夢で残念だったなと惜しんでいたのだ。とはいえ見返りは不要などと大口を叩いておいて、こんな大願を抱くのは厚顔無恥《こうがんむち》すぎる。

顔を赤くしてもじもじする白雪を見て、雨月がぐしゃりと前髪を掻き混ぜた。

「どこで照れるのかよくわからん。そもそもそれは白雪への見返りになるのか？」

「なります」

「なるほど……そうか……」

雨月の口から、長々としたため息が吐き出される。理解を放棄したように呟かれた。

「わかった……わからないことがわかった。俺には理解できない深淵だと」

白雪は正座し直し、苦い顔つきの雨月に、最も気になっていた点を切り出した。

「ところで、私は今後もこのお屋敷に置いていただけますでしょうか……？」

「それは当然だろう。白雪は俺の花巫女だ」

「花巫女だなんて恐れ多い……！　では、これまで通り、雨月様を導きの星と仰いでいても良いですか？　その、ご不快であればやめますので……」

「お前の望みはさっぱりわからないが、とにかく今まで通りにすればいい」

「ありがとうございます!!」

白雪は両手を打ち合わせ何度も頭を下げた。やはり雨月は仰ぐに値する神様だった。

■第二章

翌朝の目覚めは素晴らしいものだった。

部屋に差す朝日がやけにきらきらして見える。洗面台の鏡に映る自分の顔は血色が良く晴れやかだった。洗った顔を手巾で拭きながら、頬がだらしなく緩むのを抑えられない。

「ふふ……これが現実だものね……」

今まで必死に抑えていた想いを、本人公認で秘めずとも良くなったのが気分に良い影響をもたらしたようだ。なんてめでたいのだろう。

鼻歌混じりに厨《くりや》へ向かい、懐から取り出した反古紙に、『火』と書いて異能で竈《かまど》に火をつける。いつもなら二、三回は繰り返さねば火力が足りないのに、今日は一発で着火した。白雪の機嫌を映したように、薪の上で大きく炎が燃える。

そうして朝餉を作っていると、背後に気配を感じて白雪は勢いよく振り返った。

「雨月様、おはようございます。どうされましたか？」

包丁を置いてから満面の笑顔で挨拶すると、寝起きらしい雨月が眩《まぶ》しげに目を眇《すが》める。紺青色の浴衣姿で懐手した彼は、竈で湯気を立てている鍋に顔を向けた。

「……食事をともにしたいと言っていただろう」

「はい」

「だから、来た」

与えられる言葉は短くて、口調はぎこちない。だがそれだけで白雪には伝わった。

「いいのですか?」

「別にお前への見返りというわけではない。ただ、たまにはいいかと思っただけだ」

「はいっ、すぐに朝餉をご用意しますね」

白雪は襷《たすき》を締め直し、さっそく調理台に向き合う。雨月の口に入るのだ、下手なものは出せない。今日は一品、いや三品増やそう、とあれこれ思案を巡らせる。

「言っておくが、俺の分だけ豪華にしようとするなよ」

「でも、せっかく雨月様に食べてもらえる機会なのに」

「俺は、白雪がいつも食べているものを食べたい」

「それがお望みであれば……うう、わかりました」

白雪としては一世一代の張り切りを見せたいが、雨月の望みには逆らえない。しぶしぶいつも通りの朝餉作りに取りかかる。

屋敷の用意する干物が若干良いものに変わったのが救いだった。脂の乗った美味しそうなほっけだ。いつもは目刺しだったじゃないか、と微妙に納得できない気持ちもある。やはりこの屋敷は白雪を舐《な》めている。

そうして出来上がった朝餉を塗りの皿に盛り、膳にのせて座敷に運んだ。

炊き立ての米に、南瓜の味噌《みそ》汁、ほっけの干物と卵焼きと青菜の漬物。なんの変哲も無い献立だ。

白雪の対面に正座した雨月が、生真面目に「いただきます」と手を合わせて綺麗な所作で食べ始める。まずは卵焼きを口に運んだ。

白雪は固唾を呑んでその様子を見つめていた。登能家では好評だったが、雨月にはどうだろうか。

雨月は黙々と卵焼きを食べ進め、次に味噌汁を飲み、器用な箸使いで干物をほぐす。ほとんど表情がないので内奥は読み取れないが、明らかに食が進んでいる。

（今まで食事に興味がなさそうだった割には、結構たくさん召し上がるのね？）

「……なんだ？」

「い、いえ、お代わりもありますから、いっぱい食べてくださいね」

「ん」

こくんと頷く仕草は、端麗な顔に似合わず子供っぽい。家に置いてきてしまった弟の佑を思い出して、白雪はちょっと微笑んだ。

とにかく、雨月の口には合ったようだ。ほっとしたら白雪もお腹が空いてきた。皿に箸を伸ばし、片端から食べていく。我ながら上手にできている。

（や、やっぱり佑を思い出すのは不敬だったわね。佑は可愛いけど、雨月様はそういう次元の存在じゃないわ……！）

対面で食事を進める雨月をしばらく観察して、白雪は考えを改めた。開け放った障子窓から金色の朝日を受けて、伏せられた雨月の長いまつ毛が輝いている。漬物を噛みしめながら思わずその様子に見惚《みと》れていると、雨月が言った。

「神が食事を摂る様子など、人間的すぎてつまらないのではないか？」

「まさか」

白雪は漬物を飲み込んでから、一息に語る。

「そんなことはないです。今すぐにでも雨月様のお食事のご様子を名のある絵師に描かせて美術館に展示すべきと考えています」

「その感想は理解できない」

湯呑みで茶を飲んだ雨月が、処置なしとばかりに肩をすくめる。とはいえ怒っているわけではさそうだった。単純に呆《あき》れているようだ。

白雪は少し欲を出して、気になっていたことを訊《たず》ねてみる。

「今まで雨月様は何を召し上がっていたのですか？」

「何を……？」

雨月が箸を止め、記憶を探るように遠い目をする。しかしすぐに首を振った。

「詳しくは覚えていない。屋敷が用意したものを食べていた」

「ご自分で作ったりはしないのですか？」

「俺は料理ができない。堕ち神以外は斬れない」

「頼もしい……お言葉ですね」

「なんでも無理に褒めようとするな。逆に皮肉になっているだろう」

なんとか捻《ひね》り出した白雪の賛辞に、雨月は苦虫を噛み潰したような顔をする。そうしてすっと真顔になり、膳の上を見渡した。

「俺は興味がないだけで、美酒も美食も好む神は多い。長命だから、楽しみは一つでも多い方がいいんだろう」

「なるほど、楽しみですか」

白雪は、向かいにある端正な居姿を凝視した。清澄で、高潔で、たった今化粧箱から取り出したばかりかのような、欲など一つも持たなさそうな神様。

「では、雨月様の好きなものはなんですか？」

「特に思いつかないな。なぜそんなことを？」

訝しげに雨月が訊くので、白雪はちょっと笑ってみせた。

「私の食事が、雨月様の楽しみの一つになればいいなと思いまして。私も家族と食事をするのは楽しかったですし」

「家族？」

「はい。私の家では、家族全員揃って食卓を囲むのが決まりでした。最近は母の体調が思わしくなくて私が作っていたのですが、みんな喜んで食べてくれて……。作った料理を美味しいと言ってもらえるのは、やっぱり嬉しいです」

話していくうちに、郷愁が胸を詰まらせる。白雪の欠けた食卓で、今も彼らは三人揃って食事しているのだろうか。ときどきは白雪を偲《しの》んでくれているだろうか。

「お父様もお母様も佑も、今頃どうしているかしら……」

弱々しく独りごちて、ハッと口をつぐむ。こんな陰気な話題はせっかくの料理を不味くしてしまう。白雪は顔を上げ、できるだけにこやかに雨月に笑いかけた。

「雨月様も他のどなたかと食事をするのはどうでしょう？　陽天様とか」

「……絶対にお断りだ。なぜ陽天と？」

「このお屋敷へ来るときに使者をされていたので、親しいのかと思って」

しかし雨月の苦り切った顔を見るに、どうやらそれは白雪の勘違いだったらしい。

白雪が再び箸を動かし始めたとき、雨月が静かに切り出した。

「俺に食事の好みはないが。たぶん白雪の作るものならなんでも美味く感じるだろう。今後も好きに作れ」

その意味するところに気がつき、白雪は目を丸くした。

「それは……また、このように一緒に食事をしても良いということでしょうか？」

「そうだ。白雪と食事をするのは……悪くない」

そっけない言葉とは裏腹に、雨月の顔には柔らかな微笑すら漂っていて、白雪は否応なく目を奪われる。そうされると思考が上手に回らなくなり、がくがくと頷くほかなかった。

「わかりました。あ、あの、私も雨月様と一緒にご飯を食べられて嬉しいです」

「俺に向かってそんなことを言えるのは白雪くらいだ。……お前はそういう人間なんだろうな」

雨月は何事か得心したように頷き、空になった椀《わん》を膳《ぜん》の上に置いた。

白雪が雨月の屋敷で過ごすようになって、数週間が過ぎた。

山の上は季節の訪れが早いのか、木々の梢《こずえ》はすっかり裸になり、庭のあちこちで山茶花の濃い桃色の花が咲き始めていた。早朝の庭には霜が下りて、顔を洗う水も声の出るほど冷たい。

「今日は帝都に、呉服屋に仕立てさせていた俺の着物を取りに行く。白雪も来るか」

そんなふうに雨月が白雪を誘ったのは、朝餉の席でのこと。あれから毎日、白雪と雨月は食事をともにしていて、今日は珍しく麺麭《パン》とスープという舶来風の膳立てだ。

上手く焼けた麺麭をちぎり、白雪はきりりと顔を引き締めた。

「荷物持ちですね？　こう見えても力には自信があります。このふわふわの麺麭も、生地を捏《こ》ねるのは結構重労働でして」

「だとしても、その細腕に頼もうとは思わない。そうではなく……白雪の家族に直接顔を見せてもいいし、何か入り用なものがあれば揃えようと思っただけだ」

　単衣の袖口から覗く白雪の手首に目をやって、雨月はきっぱり首を振る。確かに雨月に比べれば細いが、蝶よ花よと育てられた級友の中では割と力持ちの方だと思う、と白雪は頬を膨らませた。

　そして一つ用事を思いつき、あっと声をあげる。

「それなら……いえ、やっぱりなんでも」

「何か言いかけたな？　言え」

「うっ、その……最近は寒いので、実家から冬服を持ってきたくて」

　木綿の単衣に薄手の羽織、半幅帯だけではそろそろ耐え難くなってきたのだった。

珍しく驚いたような表情の雨月が何か言う前に、白雪は素早くまくし立てる。

「実家にはきちんと袷や綿入れや襟巻きがありますから大丈夫です！」

「いや、これは気づかなかった俺の落ち度だ。……そうか、着物か」

　雨月が思案深げに呟き、スープを匙《さじ》で掬《すく》う。白雪としては自分の服装よりもそちらの出来の方が気になった。コンソメスープに牛乳を入れた変わり種だ。食べやすく体も温まるのではないかと作ってみたが、口に合うだろうか。

スープを一口飲んだ雨月は、ほんのりと目尻に笑みを浮かべた。

「……うん、美味い」

「ありがとうございます……！」

「毎回思うが、礼を言うのは俺の方ではないのか？」

などという軽口もお互いになじみつつある。その後二人はつつがなく朝餉を食べ終え、屋敷の裏手にある、しめ縄のかかった木戸門に赴いた。

風にそよぐ紙垂を白雪が見上げていると、視線を追った雨月が説明してくれた。

「この門には、帝都の中央まで繋がる移動結界を張っている。俺の霊力にのみ反応して発動するから、白雪には使えない。うかつに近づくなよ。俺以外の人間が通ろうとすると体が四散する」

「四散っ？」

ぎょっとして門から飛びすさる白雪に、雨月が小さく笑い声を立てる。

「手を出せ」

体がひき肉になっては困るので慌てて手を伸ばす。雨月が白雪の手を軽く掴み、木戸門を押し開けた。

「そんなに不安にならなくても、俺の体のどこかに触れていれば結界を渡れる」

「不安、というわけでもないのですが……」

当然のように繋がれた手が、しきりに胸をざわめかせる。雨月の手は白雪の手をすっぽりと包み込んでしまうほど大きい。

開いた木戸門の隙間から、屋敷の周囲よりもわずかに温かい風が吹き込んできた。遠く潮騒のように人々の賑わしい声も聞こえてくる。木戸門の向こう側は白んでおり待ち受けるものを視認できない。

我知らず目を瞑った白雪の耳朶《じだ》に、低い囁き声がそっと触れた。

「大丈夫だ、離さないから」

掴まれた手を強く引かれるのと、結界をくぐるのはほぼ同時。一瞬ののちには、白雪は帝都の大通りに到着していた。

「わ、すごい……！」

移動結界を使ったのは初めてだったが、こんなにあっという間だとは知らなかった。肉体に負荷がかかった感じもしないし、もちろん五体満足である。

雨月が手を離し、軽く身を屈めて白雪を見つめた。

「気分はどうだ、酔ってはいないか？」

「だ、大丈夫です。いつもより元気なくらいです」

美しい顔が近くに寄せられて、白雪はあたふたと後ろに下がる。移動結界よりも、この神様のそばにいるほうがよほど心臓に悪い。

「本当に大丈夫か？　様子がおかしいが」

「私の様子がおかしいのは元からです」

気遣わしげな雨月から視線をもぎ離し、きょろきょろ辺りを見回せば、大通りに面する逓信局《ていしんきょく》の前だった。青空に映える赤煉瓦《れんが》の建物には見覚えがある。登能家の近くなので見知った道だった。

今日は祝日だからか、人々が楽しげに行き交い、軒を連ねる商店も奮っている。白亜の壁が眩しいカフェーに、二階建ての活動写真館。かと思えば屋号を染め抜いた暖簾《のれん》を掲げる酒問屋や米問屋が格子窓を並べていて、様々な趣の建物が混在している。

白雪は張り切って両手を握り込んだ。

「では、呉服屋へ向かいますか？」

「その前に白雪の家に行く」

「えっ？」

雨月は反論を許さぬ強さで言い切ると、迷いなく石畳の街路を歩き出した。人混みで見失ってしまわないよう、白雪は急いで後を追う。

「私より先に雨月様のご用事を済ませた方が……！」

「俺がそうすると決めた。何か意見でも？」

「不肖白雪、雨月様のご決定に背くような真似はしません」

「ならいいな。……ときどき口調が変になるよな？」

雨月がちらりと振り向いて足取りを緩める。その間に追いついた白雪は雨月の隣に並び、どこか笑いを噛み殺しているような横顔を仰いだ。

(雨月様が最近、私の扱いに慣れてきているような気がする……)

白雪は雨月に反対するつもりはないので別に構わないのだが、こういうときの雨月はたいてい白雪を優先しようとするので難儀する。雨月には白雪よりも大切にすべきことがあるはずだ。

大通りから路地を一本曲がると、その先に登能家が見えてくる。一時は没落しかけたとはいえ腐っても子爵、築地塀で囲まれた敷地は広く、こんもりと生えた庭の木々の間から、陽光に照り映える屋根瓦が覗いていた。

ちょうどその門をくぐろうとする壮年の男の後ろ姿に、白雪は大声をあげた。

「お父様！」

糊《のり》のきいた三揃いに身を包んだ父親が、弾かれたように振り返る。その顔が泣き出す寸前のようにくしゃくしゃになる前に、白雪は駆け出していた。

「お会いしたかったです、お父様！」

「白雪！　元気だったか？　ずっと心配していたんだぞ！」

淑女の嗜《たしな》みを振り捨て勢いよく飛びついた白雪を、父親が泣き笑いで受け止めてくれる。ぐしゃぐしゃと白雪の髪を掻き混ぜ、「母さんにも顔を見せていきなさい。もうだいぶ体調が良くなったんだ」と屋敷の内に誘おうとしてから、何かに思い当たったように浮かない表情になった。

「ところで白雪はどうしてここに？　もしかして贄巫女として辛い目に遭って、実家に戻ってきたのか？」

「ううん、そのことなのだけれど……私は贄巫女じゃなくて……」

白雪はうろうろと目を泳がせる。心配そうに眉を八の字にする父親を安心させたかったが、自分の口から花巫女になりましたとも言いにくい。まごつく白雪に、少し離れた場所で親子を見守っていた雨月が口を挟んできた。

「ご家族に伝えておきたいのだが、白雪は贄巫女ではなく、俺の花巫女として過ごしている。初めて会ったときからそのように扱ってきたし、これから先も変わりない。だから、白雪の処遇については安心してほしい」

「りゅ、龍神様!?」

白雪を手放した父親が、雨月の存在にやっと気がついた様子で慄然とする。慌てふためいて腰を直角に折り、一転して真剣な声で礼を述べ始めた。

「龍神様、この度は当家へご支援いただき誠にありがとうございました。このご恩は末代まで語り継いで参ります。登能子爵家は千年先も、貴方様に忠誠を誓うとお約束いたします」

「大したことはしていない。大げさな感謝は不要だ」

「そのような謙遜はおやめください。支援だけでも我が家には過ぎたるものでしたのに、娘を花巫女として遇《ぐう》していただいているとのこと、まこと感謝の念に堪えません。娘を守り切れなかった父親としてできるのは、もはやその幸福を祈ることのみ。白雪が龍神様のもとにいるのなら、なんの心配もいりません」

突如として眼前で繰り広げられる物々しいやり取りに、白雪は目をぱちくりとさせる。

「お父様、なんのお話？　花巫女はともかく、支援って？」

「龍神様から聞いていないのか？」

父親が驚いたように顔を上げた。何も聞いていない。雨月に助けを求めても、彼は涼しい顔で築地塀越しに庭木の枝ぶりなどを眺めていて、説明してくれる気はなさそうだった。諦めてもう一度父親に目を戻す。

父親は雨月と白雪を見比べ、ガシッと白雪の両肩を掴んだ。

「いいか、龍神様は我が家の救いの神なんだぞ。まず白雪が贄巫女となってくれたおかげで登能家の借金は帳消しになった。だがそれだけじゃない。龍神様は母さんのために良い医者を紹介してくださって、あまつさえ父さんが元の職場に戻れるように口添えもしてくださったんだ。白雪が花巫女になったというが……だからと言って、普通はここまでご尽力いただけないんだぞ。これを神と仰がずなんとするんだ」

「ええっ!?」

全くの初耳だ。てっきり報酬が支払われただけかと思っていた。

(もしかして、私が家族について話したのを覚えていてくださったの……?)

勢いよく雨月を振り仰ぐと、彼は白々とした面差しで軽く肩をすくめた。

「ご尊父が復職できたのは元々高い職務能力があったからで、ご母堂が恢復したのはそういう運命だったからだ。俺が何かしたわけではない」

「でも……」

それがどれくらいの手間なのか白雪には判然としない。けれど、ちょっと口を出して終わりということはないはずだ。医者を調べるのだって労力がかかるだろうし、ましてや父親の復職に関してはどれほどの根回しが必要になるだろう。神とはいえそう容易く人間の政に口出しはできないから、相当な面倒だったに決まっている。

白雪はぴしりと背筋を伸ばし、深々と頭を垂れた。

「雨月様、本当にありがとうございます。何も知らずにいて申し訳ありませんでした」

「わざわざ伝えるまでもなかっただけだ」

白雪など労苦を考えるだけで目眩を起こしそうなのに、恩に着せるそぶりも見せない。なんて崇高《すうこう》な精神を宿しているのだろう、と白雪の胸が感動に打ち震える。父親の言う通り、そもそも雨月がそこまでする道理はないのだ。

「龍神様が何もしていないなど、そんなわけはございません！」

父親も勇んで割り込んでくる。男泣きに目を赤くし、雨月の手を取って拝むようにした。

「どれもこれも龍神様のお力がなければ難しいことばかりでした。私どもの伝手では医者を見つけられませんでしたし、私の復職を邪魔しようとする猪飼がすごすご引き下がったのも、龍神様のご威光があったからです。どれほど感謝してもしきれません。――いいな、白雪。これからも龍神様に誠心誠意お仕えするんだぞ」

白雪はきっちりと頷き返す。雨月の素晴らしさが白雪の家族にまで伝わっているのはいいことだ。やはり真に偉大な存在は、誇示せずともその偉業が波及していくのだろう。

「もちろん、より一層真心込めてお仕えするわ！」

深い畏敬の念に胸を打たれ、自然と声にも張りが出る。

「だから言いたくなかったんだ……白雪のあれは遺伝か……？」

雨月の小さなぼやきは、感激しきりの父娘には届かず木枯らしに吹き散らされていった。

登能家の奥の間にあがると、すっかり顔色の良くなった母親と、ぴかぴかの中等部の制服を着た弟に再会できた。

「白雪、元気そうね！」

「お姉ちゃん、会いたかったよお！」

涙ながらに迎え入れられ、家族に相当な心労をかけていたのだと察する。あの場では贄巫女の話を受けるしかなかったとはいえ、勝手をした申し訳なさと再会への喜びが入り混じって、白雪の目を潤ませた。

「お母様、佑……！　みんな元気でよかった……！」

それ以上は言葉を交わすこともなく、ただ抱き合って再会を喜び合った。じんわりと伝わってくる家族の温もりが、冬風に晒された白雪の体を温めてくれた。

(私は、こんなに大切なものを失ってしまうところだったのだわ)

部屋の隅で父親と何事か話している雨月をちらと盗み見る。白雪の注視に気づいたのか、雨月がふっとこちらに目線を移した。目が合うとわずかに口角を上げる。白雪も思わず微笑み返した。

(……本当に、雨月様とお会いできて、よかった)

ひとしきり喜び合った後、ふと母親が言った。

「そういえば、女学園の綾さんから手紙を預かっているわよ」

「綾さんから？　色々あって連絡を取れなかったから、きっと心配させているわ……」

母親が渡してくれた手紙を開けば、そこには綾の可愛らしい文字で、急に女学園を退学になった白雪を心配していること、そしてとある神に見初められて花巫女になったことが綴《つづ》られていた。

「綾さんが花巫女になったそうよ！　きっと大切にされているでしょうね……！」

あの可愛らしく、しっかり者の親友を選んだ神はお目が高い。女学園で唯一の親友なのだ。幸福に過ごしていてほしい。

「またどこかで会えるかしら……」

白雪の肩越しに手紙を読んでいた雨月が、寂しげな白雪の横顔を観察していた。


冬物を全て雨月の屋敷に送ってもらうよう頼み、ついでに袷の紬に着替えて白雪は登能家を後にした。

「雨月様、本当にありがとうございました。次こそ呉服屋ですね、行きましょう！」

「ああ。……家族に会えてよかったな。直接顔を見て、向こうも安心《あんど》したようだった」

白雪の隣で大通りを歩く雨月が微笑する。その口調にどこか安堵の色を聞き取って、白雪は首を傾げた。

「もしかして、だから登能家に立ち寄ったのですか?」

「これでも白雪を花巫女としてもらい受けた身だ。白雪が元気すぎるほど元気だと証明しておかなければならない」

大真面目に言われ、白雪はつい噴き出してしまう。

「そうですね。私は雨月様のおそばにいるときが一番生き生きしています」

ころころと笑い転げる白雪を、雨月は目元を緩めて見下ろした。

「白雪も家族の顔を見て安心できたようだな。これで俺の目的はおおむね達成された」

「えっ? 本日の大切なご予定は呉服屋でしょう?」

白雪は驚いて、もうすぐそこまで近づいてきていた呉服屋を指差す。堂々とした土蔵造りの店構えで、一見客を拒むかのように閉ざされた糸屋格子の戸に、落ち着いた風合いの紫紺の暖簾がかかっていた。

雨月が一瞬だけ何か企むような薄笑みをちらつかせた。

「ああ、確かにこちらにも重大な用事があるな」

格式高い外観に身構える白雪に対し、雨月は慣れた様子で暖簾を持ち上げ、戸を開ける。白雪もその背に隠れるようにして店に入った。

「まあ、龍神様。お待ちしておりましたわ」

店内にはきらびやかな反物がいくつも並び、澄まし顔で客人を迎えていた。衣紋がけにかけられた華やかな柄の振袖が、白雪の目を眩ませる。

出迎えてくれたのは店主らしき初老の女性だった。まとめ髪にちらほら白いものが混じり始めていても背筋がぴしりと伸びていて、小豆色の地に菊柄の色留袖がよく似合っている。

ここは贔屓の店なのだろう、雨月が馴染みの口調で訊ねた。

「以前頼んだ羽織は仕立て終えてもらえたか」

「ええ、もちろんでございます。問題ないか試着なさってくださいね」

「いや、ここの腕は信用している。そのまま屋敷に送ってもらえれば……」

(み、見たいわ!)

白雪は祈りの形に両手を合わせ、雨月の背中に念を送った。屋敷で過ごしていればいずれ目にする機会もあるだろうが、今、なんとしても、見たい！

雨月が口を閉ざし、熱視線を送る白雪を一瞥する。はあ、とため息をつき、女主人に向き直った。

「わかった。念のため、ここで着てみるとしよう」

「それがよろしいかと。ではご用意して参りますね」

女主人はにこやかに首肯し、すぐに羽織を一着持って帰ってきた。

薄墨色の正絹の生地に、青海波の紋様が染められている。雨月が軽く羽織ると、格子窓からの陽光がさっと生地を撫で、水面で踊る光のような艶が現れた。

飾り気のない柄と色味だが、それゆえに雨月の造形の良さを際立たせている。丈も絶妙に調整され、雨月の長身にしっくりと寄り添っていた。

「とってもお似合いです！　すごい！　かっこいい！　ありがとうございます！」

白雪は勢い込んで小さく拍手する。素晴らしい。このお店の腕は確かなようだ。許されるなら今この場で絵筆を取りたいがそうするわけにもいかない。白雪は両目を見開いて雨月の周囲をくるくる回り、余すところなく網膜に焼きつけようとした。

「何に対する礼なんだ？　……まあ、白雪が気に入ったなら構わないが」

雨月はそっぽを向いている。わずかに肩が震え、髪から覗く耳が赤い。白雪が不思議に思って眺めていると、雨月は微笑ましそうに様子を眺めていた女主人に告げた。

「ところで、他にもいくつか仕立ててもらいたいものがある」

「なんでございましょう？」

(他にも新しいお衣装を見られるのかしら？)

怪しい動きを止めてわくわくと待ち構える白雪に、雨月が指を突きつけた。

「この娘に何着か着物を仕立ててほしい。神と花巫女の宴席に出られるものをいくつか、それと普段着にできるものも」

「えっ、私ですか？」

ぎくりと飛び退く白雪に対し、女主人の目がきらりと輝く。揉《も》み手をせんばかりに愛想よく笑い、白雪の方へ歩み寄ってきた。

「あらあらまああ！　やはりこのお嬢様が龍神様の花巫女なのですね？　龍神様がご婦人を連れてくるなんて初めてですもの。楽しいお嬢様でようございましたわね。毎日が明るくなるでしょう」

「は、花巫女……」

嬉しげな女主人が当たり前のように口にする言葉が、白雪の胸底をくすぐっていく。けれどどう反応すべきかわからず、白雪は曖昧な笑顔を浮かべた。

（私は本当は、花巫女なんて言ってもらえる存在ではないのに……）

白雪の本質はただの贄巫女だ。それもたいして霊力があるわけでもなく、正確に言えば使用人程度にしか役に立っていないというのが実感だ。

（それに宴席と仰っていたわよね、私なんかが参加していいのかしら？　他にも何か聞き捨てならないことがあったような……）

白雪は雨月の言葉をあらためて噛み砕き、意味を解読して慄《おのの》いた。

「あの、今、何着かと仰いました……？　そんなにたくさん仕立てるのですか……？」

普段着なら白雪も持っている。ついさっき実家から送ってもらうよう頼んだばかりだ。

「そうだ。着物は何着あっても困るものではないだろう」

雨月はどこ吹く風で反物を眺め、「まずはこれで一着仕立ててくれ」などと注文している。鮮やかな紅色の、咲き誇る四季の花に鶴が描かれた柄だった。値札はないが途方もなく高価だろう。白雪は大慌てで雨月に取りすがった。

「お、お待ちください……そんな上質な生地、私に着こなせるかもわかりませんし……！」

「あら、この反物ならちょうど展示用に仕立てた振袖がございますよ。お召しになってはいかがですか？」

「そうさせてもらおう」

朗らかな女主人の提案に雨月が諾《うべな》う。拒否するいとまも与えられず、白雪は奥の座敷に連れ込まれ、あれよあれよという間に着つけられた。

「はい、龍神様。花巫女様の着つけが終わりましたわ」

もう一度店頭に戻ると、反物や着物を見て回っていた雨月がついと顔を上げた。そうして驚いたように切れ長の双眸《そうぼう》を見張り、凝然として立ち尽くす。

女主人が歩みののろい白雪の背を押して、ぐいぐいと雨月の前へ突き出した。

「お美しいでしょう？　花巫女様は顔立ちが整っていらして肌も真っ白ですから、華やかな色と柄のお着物もお似合いですわね。どんな宴に参加されても、一番目立つこと間違いなしですわ」

立て板に水の勢いでまくし立てられる絶賛はありがたいが話半分に聞いておくとして、白雪は居心地悪く帯を撫でた。先ほどから一言も口を利かず、こちらを凝視するばかりの雨月が怖い。怒っているのかなんなのか、どういう反応なんだそれは。

女主人がにっこりと白雪に笑いかける。

「龍神様の見る目は確かですわよ。どのような神でも、自分の花巫女に似合うものはわかるのですから。花巫女様ももっと自信をお持ちになってくださいまし。花巫女様は着飾る機会に恵まれなかったようですが、このお顔もお肌もすらりとした体つきも、一級の素材をお持ちです。あとは磨き上げるだけですわ」

「は、はい……」

怒涛《どとう》のごとく浴びせられる賞賛に、白雪は頬をこわばらせる。それがどこまで正しいのか、落ちこぼれ巫女と馬鹿にされていた身ではいまいち判断がつかない。

とはいえ出資者は雨月だ。白雪は彼の前に立ち、ちょっと首を傾げて上目遣いに意見を求めた。

「いかがでしょうか」

「ああ……」

雨月は片手で口元を覆ってしばらく口ごもっていたが、やがて振り絞るような声で答えた。

「……とても、綺麗だ」

声音に虚飾の濁りはなく、それがどこまでも雨月の本心なのだと理解できた。ひとときも目を離せないとばかりに視線は白雪に釘《くぎ》づけになっていて、両目の底に名状し難い熱がじわりと滲む。

女主人が、全てをわきまえているとでもいうように店の奥に下がる。一方で白雪は神妙な心持ちになって、姿見に映った自分に目をやった。

「それは……お褒めいただき、ありがとうございます」

鏡の中からは、美しい紅色の振袖をまとった少女がこちらを見返している。確かに全体的に綺麗な立ち姿だ。自分で言ってよければ、似合っているとも思う。

しかし。

「あの、雨月様が私ごときの着物姿を褒めるのは、ちょっと想像と違うというか……」

「なんだって？」

指で顎を摘んで呻吟《しんぎん》し始めた白雪に、雨月が片眉を上げる。みるみる渋くなる面差しに怯《ひる》まず、白雪は滔々《とうとう》と己の考えを並べ立てた。

「雨月様がお褒めになるのはもっと美しいものがふさわしいのではないかと思っているのです。月光の密やかさとか、夕焼けの鮮やかさとか……いえ、もちろんこの振袖はとても綺麗なのですが」

「またわけのわからん発作が出たか」

雨月が苦々しげに嘆息する。先刻までの熾火《おきび》のような熱を瞬き一つでしまい込み、ビシッと白雪の額を指先でつついた。

「俺が屋敷で自然を愛でているのを見たことがあるか？　月光も夕焼けもどこぞの神が司るただの現象だろう。そんなものに俺は心動かされない」

「ですがそちらの方が綺麗です。それらを主題にした芸術作品もたくさんあります」

「は、俺はそう思わない。誰がなんと言おうと、俺は俺自身が綺麗だと思ったものだけを褒める。異論があるか？」

「め、めっそうもないです！」

反射的に首を振り、ふと思う。確かに雨月はあの豪邸に住みながらにして、整然と整えられた庭に目もくれないし、季節の移り変わりに風雅を感じているふうでもない。

というより、自分を取り巻く有象無象にあまり興味がなさそうだ。

つつかれた額を両手で押さえながら、白雪は考え直す。

（確かに今のは私の勝手な理想の押しつけだったわ。もっとちゃんと雨月様の一挙手一投足を観察しなくてはいけないわね……反省！）

猛省を深く心に刻み込み、あらためて姿見と向き合う。

目の覚めるような紅色の生地の上、大輪の牡丹《ぼたん》や可愛らしい梅、菊に松が咲く中を、白い羽根を伸ばした鶴が飛んでいく。けれど菱紋様を織り出した錦織の袋帯が、不必要に華美になりそうな全体を清楚《せいそ》に引き締めていて、白雪のすっきりとした顔立ちを引き立てている……ように思える。

横目に窺えば雨月と目が合った。おそらくさっきからずっと白雪を眺めていて、こちらの百面相を楽しく鑑賞していたに違いない。その証拠に頬の辺りが明らかに緩んでいる。

きっと雨月自身は気づいていないだろうが。今の表情の柔らかさは白雪の料理を食べたときと少し似ていて、どうにも落ち着かなくなった。

（……でも、私は綺麗と思っていただけたのね。それなら、ほんのちょっとでも、この姿が雨月様のお心に残ればいいわ）

月の光にも夕焼けにも心動かされないというこの神の、どこか心の片隅にでも。

そうなってくると、今度は結びもせずに流したままの髪が気になってくる。毎朝毎晩梳《くしけず》っているので艶は悪くないと思うが、やはり振袖と合わせるには簡素すぎる。

そわそわする白雪のそばに寄り、女主人がすかさず店の一隅を示してみせた。

「もしよろしければ、髪飾りもご覧になってくださいな。試しにつけていただいても構いませんから」

そちらを見れば、壁際に据えられた棚に装飾品がずらりと揃えられている。銀製の軸に輝石がしゃらしゃらと連なる簪《かんざし》、螺鈿《らでん》で桜の花が描かれた櫛《くし》に、色とりどりのシルクリボン。どれも持ったことのないものばかりで、思わず足が吸い寄せられる。女学園では、厳しい校則の中で精いっぱいお洒落《しゃれ》できるのが髪の毛だった。級友たちは思い思いのリボンを髪に結んだり、まとめ髪に簪を挿したりして華やかに身繕いしていたのだ。

(私には、縁のないものばかりだったけれど)

豪奢な着物には想像が及ばずとも、身近な彩りには憧れが届く。

雨月が後ろから覗き込んできて、簪の一本を手に取った。

「どれも似合いそうだな。髪飾りも買おう」

白雪はぎくっとして両手を振る。今日自分に使われそうな金額を想像するだけで目眩が起きそうだった。

「そんなに買っていただくわけにはいきません……!」

「宴に行くのに、髪飾りもつけない娘を連れていけない」

「それはそうかもしれませんが……」

本当に白雪が雨月の花巫女として表に出るなら、みすぼらしい恰好をしていては雨月に恥をかかせてしまう。

それでも戸惑う白雪の目を、棚に並ぶ髪飾りのきらめきが射抜く。背後から雨月が囁きかけてきた。

「髪飾りをつけた姿を俺が見たい。できるな?」

「雨月様にそう言われると従ってしまうのですよ……っ」

「知っている。便利だな」

頑なだった心には囁き一つで簡単にひびが入ってしまう。白雪は半ば恨めしく雨月に宣言した。

「では、お言葉に甘えさせていただきますよ? すっごく高い品を選んでしまうかもしれませんからね!」

「そうしろ」

機嫌の良さそうな雨月の微笑に背を押され、簪やリボンをそれぞれ真剣に見比べる。

(とはいえ色々あって迷ってしまうわ。どれも可愛いし……)

うむむと深く悩んでいると、雨月が手にした簪を差し出した。

「これはどうだ」

銀の透かし彫りで蝶々を模った簪だった。髪に挿すと頭に綺麗な蝶々が止まっているように見える細工らしい。

釣り込まれるように受け取り、日の光に掲げてみる。

翅の部分にあしらわれた月長石が角度によって、乳を固めたような白から夢のような青に変じた。

「綺麗……」

思わずうっとりと呟けば、雨月が促すように頷きかけてくれる。白雪は手早く髪をまとめ、簪を挿してみた。

「どうですか？」

鏡の中、白雪の頭で白い蝶々が翅を休めている。黒髪の上で、なだらかな流線型を描いた輪郭がくっきりと際立っていた。

雨月は懐かしげに目を細め、そっと簪に手を伸ばす。

「ああ、これが見たかったんだ。……よく似合っている」

相変わらず声色は真摯《しんし》で混じり気がない。蝶々に触れた手が白雪の頬をかすめて離れていく。思い出をなぞるような繊細な手つきに、春陽に白い翅を羽ばたかせる蝶々の幻が白雪の眼にも映ったようだった。

ふっと我に返り、鏡を再度確認する。銀細工の蝶々は白雪の頭にあって、日差しを受けて輝いていた。照れくさそうにはにかむ少女の顔を彩るように。

「……はい。私も、これがいいです」

他のものを試す気にもならない。神は花巫女に似合うものがわかる、というのはこういうことなのだろうか。

胸の内にじわじわと温かなものが広がる。知らず微笑みを滲ませる白雪を、雨月が和やかに眺めた。

大通りの喧騒《けんそう》から切り離され、二人は過去の秘密を囁き合うようにしばらく身を寄せ合っていた。

その後もいくつか着物を注文して呉服屋を出たところで、白雪は忘れていた用事を思い出した。

「すみません、文具店へ寄ってもよろしいですか？　墨と筆が欲しくて」

「それなら俺が買い求めよう」

「いえ、自分用のものですから……」

「ああ、あの絵か」

「はい」

白雪の本性はバレているので臆面もなく頷ける。「すぐに買ってくるので、少々お待ちください」と言い置いて駆け出そうとした白雪を雨月が止めた。

「待て、俺も買いたいものがある」

「一緒に買ってきましょうか？」

「気遣いはありがたいが、自分で選びたい。……白雪は俺と歩くのが嫌なのか」

「嫌なわけありませんよ。ただ、私の用事に付き合っていただくのも申し訳なくて……」

「妙なところで遠慮深いな。申し訳なく思う必要などないだろう」

隣を行く雨月を見上げると、口角がはっきりと上がり、髪を結えた紐《ひも》が楽しげに揺れていた。どうやら彼は彼でこの道中を楽しんでいるらしい。その様子を前にすると、白雪もなんだか嬉しくなってくる。

「雨月様は街歩きがお好きなのですか？」

「特に……考えたこともない。帝都には必要なものを買うために来るだけだ」

「そうですか？　でも今はとても楽しそうに見えます」

雨月は大通りの先へ目を投げ、しばしの間ゆったりと歩いていた。今日はもうずっと、白雪でも追いつけるこの速度だ。

「確かに、楽しんでいるかもしれないな」

雨月がぽつりとこぼす。

「前に、誰かと食べる食事は美味しいと言っていただろう。それと同じで……白雪と歩く帝都は楽しい。いつもと同じ道なのにな」

「それなら私もお供した甲斐《かい》があります！」

気の利いた会話ができるわけでもないが、雨月の楽しみの一つとなれたなら幸いだ。

ややあって辿り着いた文具店は白雪もよく通っている店で、すぐに目当てのものが見つかった。お金を払って墨と筆を受け取ると、雨月はまだ店内で何か物色している風情だった。あまりじろじろ買い物を見るのも良くなかろうと、白雪は先に店を出て待つことにする。

店近くのガス灯の下に立ち、筆と墨を懐にしまったとき。

「――あら、落ちこぼれ巫女の白雪さんじゃない」

久しぶりに聞いた汚名に、白雪はバッと顔を上げた。そこには華やかに着飾った猪飼夕姫がいた。

どこぞの川の神の花巫女になったと聞いたが、豊かな生活をしているらしい。隙なく化粧を施し、艶やかな黄色の振袖を着て、結い髪に長いリボンを巻いている。

しかも父娘でお出かけなのか、背後には猪飼子爵まで揃っていた。

「お久しぶりです、叔父様、夕姫さん」

苦々しく歪《ゆが》みそうな頬を押さえ、なんとか微笑を捻り出す。夕姫が、蝶々の簪の飾られた白雪の頭を不審げに見留め、ついで実家から着てきた地味な紬を見て、ぷっと噴き出した。

「白雪さんは私の代わりに贄巫女となったのよね？　まだ生きているなんて驚きだわ。

だって霊力のない白雪さんが、冷酷な神のお気に召すわけないもの。すぐに怒らせて八つ裂きにされていると思っていたわ。結局、誰の生贄となったのかしら。どうせ無名の醜い神でしょうけど」

どうやら相手までは明らかになっていないらしい。白雪は閉口し、黙ってうつむいた。自分がどれくらい幸福かをわざわざ彼女たちに誇示する必要はない。

（それに雨月様が〈神殺しの龍〉であることをあげつらうようなことを言われたら、許せないもの）

自分が貶《けな》されるのは構わない。けれど雨月が無意味に恐れられたり、謗《そし》られたりするのは絶対に嫌だった。

白雪の沈黙をどう解したのか、今度は猪飼子爵が下卑た笑みとともに言い立てる。

「一体どうやって神を懐柔したんだ？　霊力のない巫女にできることなんか大してないだろう。何を差し出した？　寿命か？　それとも魂か？　贄巫女がどんな扱いを受けるか想像すると、つくづく夕姫が霊力の高い優れた花巫女で良かったと思えるなあ」

「な……っ!?」

雨月は絶対にそんなことをしない。あまりに低劣な中傷に思わず反論しかけたとき。

「――何をしている」

突如響いた声がその場を凍りつかせた。

買い物を終えたらしい雨月が、そら恐ろしいほどの無表情でやって来る。その顔立ちが端正なだけに、こちらを圧倒する凄みが放たれていた。冷たく乾いた風がその白銀の髪と真新しい羽織の裾をなびかせる。

「なんて綺麗なの……」

冴《さ》え凍る一瞥《いちべつ》を受けた夕姫が、ぽかっと口を開けて雨月の顔に見惚れていた。大きな目がとろんと潤み、白粉の塗り込められた頬に朱が散る。

猪飼子爵は寸の間たじろいだが、年長者らしくすぐに愛想笑いを作って頭を垂れた。

「これはこれは龍神様ではありませんか。堕ち神討伐のご活躍はかねがね……」

しかし雨月はその追従をさらりと無視した。白雪のかたわらに歩み寄ると、一転して温かな声音で話しかける。

「白雪、店にいなかったから心配したぞ」

「も、申し訳ありません」

白雪は縮こまりそうな心臓を押さえ、短く応じた。

「雨月様が何を買っているのか見てはいけないかと思ったので……」

「別に構わない、どのみち白雪に贈る物だ」

「私ですか？」

雨月が手にしていた包みを白雪の前で開く。可愛らしい桜の花が描かれた紙箱で、蓋をずらすと何本もの銀のチューブがきちんと並んでいた。

「えっ、絵の具ですね!?　これを私に!?」

　文具店でいつも横目に通り過ぎるだけだったものが目の前にある事実に顎を落とす。

雨月は紙箱の蓋を閉じて白雪に手渡した。

「絵を描くにも、絵の具があれば白雪が喜ぶかと思って」

「大喜びです、これで表現の幅が広がります！　ありがとうございます！」

　雨月を身近にする生活になってから、この日常の息遣いをより確かに刻むため墨絵にも進歩が必要だと常々考えていたのだ。そこにきて絵の具とはなんという福音。色って素晴らしい。龍神の眼は千里を見通すというが、雨月には卑小な白雪の悩みなどお見通しというわけか。

　白雪はぎゅっと絵の具を抱きしめる。雨月を見上げ、晴れ晴れと笑ってみせた。

「大切に使いますねっ」

「今日一番の笑顔が出たな。ほら貸せ、俺が持つ」

「だ、だめです。こればっかりは雨月様のご命令でも聞けません。私が自分で持って帰ります」

「重くないか」

「ちっとも。羽根より軽いです！」

「さすがに羽根よりは重いだろ」

軽口を叩き合う白雪たちに、夕姫が「龍神様って、まさか……堕ち神討伐で有名な……」と譫言《うわごと》のように呟めく。

「あの〈神殺しの龍〉がこんなに美しい神だったなんて……。嘘よね？　しかも落ちこぼれの白雪さんが、贈り物までもらってるなんてあり得ないわ」

「あっ」

完全に夕姫たちの存在を忘れていた。絵の具を大事に抱えて表情をこわばらせる白雪を、雨月がさりげなく己の背後へ追いやる。まるで、一秒でも猪飼父娘の視線に晒したくないとでもいうように。

夕姫は蒼白になり、しかし歪《いびつ》な笑顔を作って白雪を嘲った。

「そんなわけないわよね？　白雪さんは贄巫女だもの。まさか大切にされているわけないわよね？　もしかして、これからひどい目に遭うから慰みを与えられているんじゃない？　ねえ、お父様」

「そ、そうだな。子爵令嬢がそんな目に遭うなんて、哀れすぎて涙を誘うなぁ」

白雪からは雨月の背中しか見えない。だが猪飼父娘の口走りに、彼のまとう空気が一段と冷ややかさを増したのが肌身で理解できた。

「――無礼な口を利くのもほどほどにしろよ、人間」

怒りを孕《はら》んだような烈しさが底に流れる音吐に、夕姫たちが目を剥《む》く。その顔色はいよいよ紙のごとく白い。白雪はいてもたってもいられなくなり、背後から身を乗り出して雨月の顔を仰いだ。雨月は佳容に似つかわしくもない獰猛な笑みを浮かべ、猪飼父娘を睨み据えている。

「登能家の借金を返済したときには、猪飼もずいぶん悔しそうだったと聞いている。自分の兄弟が没落していく様を見て嘲笑っていたのに、叶わなくなって残念だったな?」

「なっ」

猪飼子爵のたるんだ頬にさっと血が上る。夕姫も狼狽えたように父親の腕を取った。

「一つ忠告しておいてやろう。登能子爵を職場で陥れようとしても無駄だ。一度は閑職に追いやることに成功したようだが、今後何かすれば俺が黙っていない。それから、娘の方」

雨月はもはや夕姫の名前すら呼ばなかった。

「白雪は贄巫女ではない、俺の花巫女だ。即刻その愚かな間違いを改めろ」

「花巫女ですって!?」

きっぱりとした断言に、夕姫が仰天したように声を上ずらせる。落ち着きなく揺れる目線が、雨月に庇われる白雪に定められた。

「そ、そんなの信じられないわ！　あの白雪さんが龍神様の花巫女に選ばれるなんて！　それじゃ、川の神に選ばれた私よりも……っ」

夕姫がギリギリと歯軋りしながら拳を握り締める。女学園ではおよそ見たことのない醜悪な顔つきで、どれほど彼女が衝撃を受けているのか伝わってくるようだった。

「お前が信じようと信じまいと関係ない。白雪だけが俺の花巫女なのは覆しようのない事実だ。――ああそうだ。川の神と言えば、だが」

取り乱す夕姫を意に介さず、雨月は冷酷に告げた。

「俺なら、家族といえど男とともに出歩くことを自分の花巫女に許しはしない。ずいぶんとお優しい神に召し上げられたようでよかったな？」

「な、何が言いたいのよっ！」

雨月は的確に夕姫の弱みを突いたらしい。怯えに染まった夕姫の面上に、無惨なひび割れが走った。みるみるうちに白目が充血していき、化粧で美しく彩られた顔がくっきりと絶望に染まっていく。

（川の神には何か問題があるのかしら……？）

過敏とも思える反応に驚くうちに、夕姫の唇から嗚咽《おえつ》に似た吐息が漏れる。かと思うと夕姫が白雪を激しく指差した。綺麗に手入れされた桜色の爪が、日差しを受けてギラリと光る。

「その娘は巫女面しているけれど、落ちこぼれとして女学園では有名だったのよ！　異能を持っていても、花巫女なんて到底選ばれないくらいに霊力が少ないの！　贄巫女としてだって役目を果たせるか怪しいものだわ！」

雑踏の中、一瞬、全ての音が遠のいた。

「――あ」

白雪の視界がくらりと回る。足元が崩れて、真っ暗な穴に引きずり込まれていく心地がする。

それは。

それだけは。

白雪がずっと秘密にしていたのに――。

手足の先から感覚が薄れていく。それなのに鼓動が激しく耳元で鳴ってうるさかった。ぎゅんと狭まった視界には、自分の草履と地面だけが映る。

とてもではないが雨月の顔は見られなかった。きっと軽蔑されるだろう。あるいは大きな怒りを買うかもしれない。あの美しいかんばせが歪むところを想像するだけで鳩尾の辺りがひゅんと縮んだ。

いっそ、この場から消えてしまいたかった。

（悪いのは、正直に話さなかった私だわ……）

罰が当たったのだ、と思う。嘘つきには天罰がくだる。当然のことだ。

力なくうつむく白雪を見て、夕姫は打って変わって甘えるような声音で喋り散らす。

「龍神様、今からでも遅くありませんわ。元々生贄になるのは私だったんですもの。私が白雪さんの代わりにお仕えしますわ。白雪さんにできて私にできないことなんてありません。なんでもしますわ、龍神様がお望みなら、なんだって！」

白雪は目を瞑る。耳を塞ごうとする両手を必死に押さえた。雨月がどんな答えを返そうと、受け入れるのが贖《あがな》いだと思った。

「――断る」

雨月の返事は短かった。それゆえ付け入る隙もなかった。

（え……？）

おそるおそる瞼を開き、雨月を仰ぐ。彼は穢らしいものを前にしたような一瞥を夕姫にくれると、心底軽蔑した風情で吐き捨てた。

「お前ごときに一体何ができるというんだ。花巫女に選ばれたんだろう？　喜ばしいことじゃないか。おとなしく自分の運命を受け入れておけ」

「そんなっ！　運命だなんて……っ」

夕姫が屈辱を受けたようにガタガタと震え出す。しかしすぐに、おたつくばかりの父親の腕を掴み「行きましょうっ」と身を翻して、父親ともども駆け去っていった。

「雨月様、大変申し訳ありません」

再び移動結界を使い屋敷に戻ってすぐ、白雪は深々と頭を下げた。

洋館側の玄関から屋敷に入り、燦々《さんさん》と日の降り注ぐ玄関ホールで二人は向き合う。

「何が？　あの愚鈍どもに絡まれたことか？　あの件のことなら白雪のせいではない」

白雪の謝罪を強く遮り、雨月は宙を睨んだ。

「全てあいつらが悪い。白雪を落ちこぼれの巫女などと馬鹿にしやがって」

相当腹に据えかねているのか、いつもより口調が荒い。おずおずと頭を上げれば、雨月が忌々《いまいま》しげに顔をしかめて舌打ちしていた。

どこか認識がすれ違っている。白雪は苦い唾を飲み込み、乾いた唇を動かした。

「あの、そうではなく……私は、霊力が少ないことを、黙っておりました」

「ああ。それがどうした」

白雪としては全ての勇気を振り絞った告白だったのに、雨月はあっさりと頷いてしまう。

「白雪の霊力が少ないことは薄々察していた。それでも、俺を恐れずにずっとそばにいてくれたのは他の誰でもない、白雪だ。それだけで充分だろう」

「でも、嘘は嘘です。本当に雨月様を思うのであれば、私は全てを話すべきでした」

心臓が、冷たい手で握り潰されたみたいに痛くて仕方がなかった。

助けられた十年前のあの日から、ずっとずっと、雨月は白雪の神様だった。贄巫女となったのだって、これが自分の運命なのだと思った。

報いなんて一つもいらなかった。ただ恩返しをしたくて、ひたすらに役に立ちたくてたまらなかった。そうでない自分には、もはや存在価値もないのだと、心のどこかで思っていた。

だからこそ、雨月に大切にされるたびに胸が軋《きし》んだ。

雨月は白雪に優しい。もったいないほどの慈しみを惜しみなく与えてくれる。

そのたびに、白雪の後ろから、誰かが囁くような気がした。どんより濁った沼の底から、低く、暗い響きでもって。

――お前は雨月にふさわしくない、と。

『白雪さんにできて私にできないことなんてありません』

耳には夕姫の声が蘇る。ひどい罵倒《ばとう》で、侮辱だ。怒るべきだ、とそう思う。

けれどその一方で、納得してしまう自分がいた。

だってその通りだから。

白雪にしかできないことなんてこの世にはないから。

雨月を落胆させたくないから黙っていたなんて、ただの欺瞞《ぎまん》だ。

「他の、もっときちんとした霊力を持つ方でも、時間をかければ雨月様を恐れなくなるかもしれません。そうすれば、いずれその方は雨月様を大切に思うようになります。雨月様はとても優しい神様ですから。保証します。私でなくてもいいのです」

自分の言い分が己の身を切り裂いていくようだった。たぶん、それが真実だからだ。

だが雨月の面差しはだんだんと険しくなっていく。

「巫女たちの怯えは時間が解決するような生易しい問題ではないし、他の娘を迎える予定は一切ない。忘れているのかもしれないが、そもそも俺の方こそ花巫女を見つけられず、贄巫女まで求めた異端の神だ」

そう口にしながらも、その声音からはいつかの孤独の翳は拭い去られていた。雨月は柔和な目つきをして、陽光に照らされる白雪を見つめている。

「だが、今はそれでよかったと思っている。俺は、白雪が……」

言葉は途中で区切られた。耳を澄ませて続きを待っていると、雨月は白雪の頭にぽんと手を置いた。

「なんでもない。とにかく俺は気にしていない。不問に付す」

「そういうわけには……」

あまりにもあっけない許しに、白雪こそ戸惑ってしまう。その躊躇を察したように、雨月が強い口調で言った。

「白雪は俺の花巫女になったんだろう。それなのに反論しようというのか？」

「い、いえっ、そんなことはしません！」

そこまで言われてしまうと、その場に直立不動になるしかない。雨月がくすりと笑った。

「気が収まらないなら、茶でも一緒に飲め。それでいい」

雨月は白雪をサンルームへと誘った。大きなガラス窓で囲まれた小部屋に、丸テーブルと、二脚の椅子が向かい合わせに置かれている。

雨月が空気を撫でるように手を振ると、テーブルの上にティーセットが現れた。

椅子に座って温かい紅茶を飲めば、緊張しきっていた体がほぐれていく。憔悴《しょうすい》していた白雪にも、落ち着いて考える余裕が出てきた。

（雨月様が良いと仰るなら、私はずっとおそばで仕えましょう。私の霊力のなさは変えられないけれど。今までもらった、返しきれないくらいの恩に報いるためにも）

そんなふうに決意を新たにしていると、ふと、お礼を言っていないことに気づく。

「あの、雨月様。ありがとうございました」

「なんだ？」

「夕姫さんたちから庇っていただいて……私一人だったら、絶対にやり込められてしまいましたから」

あの場に現れてくれた雨月は本当に頼もしかった。思い出すとついつい微笑みがこぼれてしまう。

「……別に感謝されたかったわけではないが、死んだような顔で謝られるよりはよほどいいな」

雨月がテーブルに軽く頬杖をつき、思い出したように呟いた。

「あの女は異能がどうとか言っていたが、白雪は異能を持っているのか？」

「そんなに大それたものではないのですが、一応……」

この国で最も強い神に、わざわざ見せびらかすものでもない。慎ましく応じれば、雨月は「ふうん？」と目を細める。それから懐に手を突っ込み、何かを取り出した。

「そういえば、これを渡すのを忘れていた。持っていろ」

「は、はい」

今日は雨月から色々なものをもらったので、なんとなく白雪も与えられることに慣れてきていた。なんの気なしに受け取ったのは、小さな巾着袋だ。

「ありがとうございます。これはなんでしょうか？」

「お守りだ。俺の鱗が入っていて、これを持っている限り、堕ち神は白雪に触れられない」

「えっ!?」

突如、なんでもない様子でとんでもないものを渡されて床にひっくり返りそうになる。手のひらにのる小さな巾着袋が急に重さを増したように思えた。鱗って。そんな貴重なものを与えられていいのか。

「そのような大切なもの、私ごときがもらっていいのですか……っ？」

「いいから持っておけ。俺よりも白雪に必要だろう」

「だからといって……」

「一度受け取った以上、それはもう白雪のものだ。もし返品してきたら俺はそれを捨てる。いいな？」

あまりの衝撃に、先ほどまでの鬱屈が全て吹き飛んでいった。おそらくこのまま固辞し続ければ、雨月は有言実行するだろう。白雪はお守りを押し戴き、上ずった声で心のままに感謝を述べた。

「わ、わかりました。ありがとうございます！　こちらは家宝にして特製の祭壇に祀《まつ》り、私の命と引き換えにしてもお守りします！」

「お守りを守るな。それは白雪を守るためのものだ。持ち歩け」

「そ、そんな。なんて難しいことを仰るのですか」

「難解なのは白雪の思考回路だぞ、まったく」

雨月はぶつぶつこぼしながら、「それに」と話を継ぐ。

「〈神殺しの龍〉の鱗など不気味じゃないのか」

「どうしてですか？」

雨月の言葉の意味が本気でわからなくて、白雪は首を傾げた。不気味なものか。

「堕ち神がお屋敷に入ってくることがあったから、私を気遣ってくださったんですよね？　そのお優しい心を不気味だなんて思うわけありません」

「……そうか」

「それに私は、雨月様からいただくものなら塵《ちり》でも嬉しいようです」

「やはり返せ」

雨月の手がにゅっと伸びてきてお守りを取り上げようとするので、白雪は慌てふためいてそれを手の中に庇った。

「と、取らないでください！　塵でも嬉しいのは本当ですが、雨月様が心配してくださった事実を大切にしたいのも本当ですよ！」

握り込んだ指を開いて、手のひらのお守りをそっと撫でる。あまり重みは感じず、持ち歩くのに苦労はなさそうだった。

「ちなみに、鱗とはどのようなものなのですか？」

「本当に物好きだな。開けて確かめればいい」

そう促されたので巾着袋を開いてみると、純白の鱗が一枚出てきた。親指の爪よりも一回りくらい大きい。窓に掲げれば、陽光を反射して玉虫色に輝く。

「やっぱりとても綺麗ですねぇ」

綻《ほころ》んだ唇から、ほうとため息が漏れた。宝物を収めるような手ぶりで巾着袋に鱗を戻す白雪を、雨月が無言で見つめる。

その視線に気づかぬまま、ふと白雪は眉を曇らせた。

「ところで、この鱗というのはどの辺りに生えていたものなのですか？　鱗を剥がしてしまって痛くはありませんか？」

「ああ、それは逆鱗《げきりん》だ。痛みはないから気にするな」

「それは本当に大丈夫なのでしょうかっ⁉」

泡を食っておろおろする白雪に、雨月がクッと喉を鳴らして笑う。白雪の片手を取り、静かに己の胸元へ導いた。真ん中より少し左。ちょうど心臓の上辺りに。

「龍体だと顎の下だが、人間の体だとこの辺り。わかるか」

「ひえ……」

引き締まった筋肉の下、心臓がゆったりと鼓動を刻んでいるのが指先に伝わってくる。白雪の頭が真っ白になった。

「あの、雨月様……」

「なんだ？」

「私、今、特大の恩寵《おんちょう》をいただいております。ここが死に場所ですか？」

「白雪が死ぬのはもっと先のことだろう。そう易々と死なせるつもりはない」

「そうなのですか……びっくりした……刺激が強すぎる……」

何気なくとんでもない予言をされた気もするが、完全に思考停止した脳みそでは寸分たりとも意味を解せなかった。白雪は怖々と手を引っ込め、呆然としながらお守りを懐に収める。

「あんまり……あんまり、このような思わせぶりなことを、他の人間にしてはだめですよ。勘違いさせるので……」

「ふうん、白雪は勘違いしないのか？」

「私は分別ある人間です。本当によかったですね、私でなかったら心停止しています」

「俺がそう容易く体に触れさせるものか。白雪だけだ」

「じゃあ、大丈夫ですね……大丈夫かしら……？」

ふわふわした思考が絶えて元に戻らないまま、白雪は雨月と午後のお茶会を続けたのだった。

第三章

日々は穏やかに過ぎてゆき、屋敷ではときおり風花が舞うようになった。帝都ではあまり雪が降らなかったので物珍しく、白雪は家事の手を休めて見入ってしまう。

そんなのどかな屋敷に来客があったのは、よく晴れた昼下がりのことだった。

「久しぶり、雨月。元気かい？」

「元気だ、可及的速やかに辞去しろ、陽天」

「相変わらず友人に冷たいなあ！　あ、白雪さんも元気かな。送り届けた後、上手くやれているか気になっていたんだ」

応接間の長椅子でニコニコ手を振る陽天に、白雪はぺこりと頭を下げる。今日の陽天も洋装で、真っ白なシャツに麦藁色の髪が眩しい。

「陽天様、ご無沙汰しております。あのときはろくにお礼も言えず申し訳ありませんでした。おかげさまで、つつがなく過ごしております」

「気にしないで。白雪さんが大過なく暮らしているならそれでいいんだ。おや、前に見たときよりも良い着物を着ているね。簪も新しいものだ」

「えっ？」

紅茶と茶菓子のビスケットをテーブルに並べ終えた白雪は、目をぱちくりさせて分の身を検《あらた》める。

以前、雨月と帝都に出かけたときに仕立ててもらったうちの一着だった。椿の花が一面に散る可愛らしい小紋で、白雪もお気に入りだ。半結びにした髪にはもちろん蝶の簪を挿している。

「ありがとうございます。どちらも雨月様にいただいたものです」

「へえ、雨月に……」

陽天が意味深な眼差しを雨月に向ける。陽天の対面に席を占めた雨月はじろりと睨み返し、ぶっきらぼうに応じた。

「茶飲み話をするためにここへ来たわけではないだろう。早く用件を話せ」

「さすがにお見通しか。……あ、よかったら白雪さんも一緒に聞いてもらえる？」

「私もよろしいのですか？」

雨月が隣の椅子を手のひらで示したので、白雪は小首を傾げながらもそちらに腰を落ち着ける。

陽天が微笑を含んだまま、天気の話でもするように口を切った。

「二人とも、龍骨《りゅうこつ》ヶ《が》原《はら》という地名に聞き覚えはあるよね？　帝都の南にある街だ。そこで、大規模な龍骨の崩落事故が起きてね。幸いにも怪我人はいなかったものの、もしかして龍神の怒りなんじゃないかと帝都の民が恐れているんだ。ちょっと調べてくれないかい？」

小さく驚きの声をあげた白雪の横で、雨月が眉間に皺を刻む。

「俺は全く関係がない。怒りなど抱いていないし、むしろここ最近は人生で最も機嫌がいい」

「それは幸いだ。だがこの間、帝都で一悶着《ひともんちゃく》あっただろう？　猪飼父子が〈神殺しの龍〉の怒りを買ったせいだと巷《ちまた》ではもっぱらの評判だよ。彼らはあれこれ口さがなく言われているらしいねえ」

自分のせいだ、と白雪はひやりとする。しかし雨月も陽天も些細なことだと言わんばかりに平然としていた。

「あの愚鈍どもを救うために、わざわざ俺に足を動かせと？」

「そうじゃないよ。神の怒りを買ったのは向こうが悪いんだし、自業自得だろう。ただ龍骨が崩落したのは、君の事情にも何か関係があるんじゃないかと思ってね」

ビスケットをつまみかけていた雨月の手が止まる。白雪は雨月を見つめた。

（事情、とは何かしら）

それに今の話で一つ気になることもあって、白雪は控えめに口を挟んだ。

「あの、陽天様。どうして龍骨と雨月様に関係があるのですか？　龍骨は龍神の遺骸と聞きますが……同じ龍神とはいえ、別の神様ですよね？」

「あれ？　白雪さんって何も知らないの？」

「何を……ですか？」

陽天は意外そうに雨月と白雪を見比べると、ニヤリと唇に笑みを広げた。

「そっか、君はとても大事にされているんだね。実は雨月はね……」

「陽天、よせ」

雨月が短く制止する。それは四季神でさえも言葉を呑み込むほどの鋭さだった。

(何か重要なお話なのかしら)

白雪がはらはらしながら話の行方を見守っていると、陽天は肩をすくめ、紅茶にボトボトと角砂糖を投入する。それを執拗《しつよう》に何度も掻き混ぜ、匙で軽くカップを叩いた。

澄んだ音が、警鐘のように鳴り響く。

「この子は雨月の花巫女なんだろ？　だったら話した方がいいよ。……人間とは、いつ別れが来るかわからないんだからさ」

藁色のまつ毛が午後の陽光を透かし、瞳に暗い影を落とす。雨月はしばらく陽天と睨み合うと、不承不承といった様子で頷いた。

「確かに、龍骨は俺自身にも関係のあることだ。行ってやろう」

そうして訪れた龍骨ヶ原を、白雪はきょろきょろと見回した。本当は雨月一人で訪れるはずだったのを、白雪が無理を言ってついてきたのだ。この土地は、白雪にとっても思い出深い場所だった。

「懐かしいですね。ここを訪れるのは十年ぶりです。まさか雨月様と一緒に来られるなんて……」

そう口にすれば、ごく自然に大切な記憶が呼び起こされる。

初めて雨月と出会ったのは、この龍骨ヶ原でのことだった。

＊

「……ねえ、何しているの？」

龍骨ヶ原という禍々《まがまが》しい地名は、文字通り龍神の遺骸——龍骨が湿地に埋まっていることからつけられたものだった。

龍神は本来、白い鱗に白銀の鬣《たてがみ》の、とても美々しい龍体を持つという。鱗は光を弾き、風にそよぐ鬣は錦旗のごとくたなびき、千里を見通す眼は宝玉もかくやだと。

しかしそんな龍神の成れの果てである龍骨は、肉も鱗も臓腑も腐り落ちて、あとは薄灰色の巨大な骨格を晒して朽《く》ちるのを待つばかりの状態だった。

その龍骨の、真ん中辺り。ぬかるんだ地面に半ば埋まった肋骨の陰に、身を隠すように一人うずくまっていた男の子に、幼い白雪は声をかけていた。

男の子の顔は見えない。ただずいぶん良い正絹の着物を着ているのが目についた。

こんな高級な着物を着る子は、遊び仲間にはいなかった。

男の子の正体はともかくとして、白雪はこの子が泣きべそをかいているのではないかと心配になって肩を揺する。と、その子は煩《わずら》わしげに顔を上げた。

「うるさい、放っておけ」

とっさに白雪の返事が遅れたのは、その声があまりに不機嫌そうだったからでも、その言葉があまりに失礼だったからでもない。

(すごい。すごく、綺麗な子だ)

肋骨の間から差し込む陽光に照らされた男の子の顔は、ちょっとびっくりするくらい整っていた。精悍《せいかん》な眉の下、切れ長の瞳は黒々として、鼻筋はすっと通っている。形の良い唇は強情そうに引き結ばれているが、表情の険しさくらいで損なわれる美貌ではない。同い年くらいに見えるけれど、至上の美しさが近寄りがたさを醸し出している。

白雪はつかの間息を呑み、それから慌てて言った。

「で、でも、ここは危ないよ。龍骨は崩れやすいからあまり近づかない方がいいよ」

白雪の心配をよそに、男の子はふんと鼻を鳴らすと、傍らの肋骨をそっと撫《な》でた。

「龍骨は俺に危害を及ぼさない。同族だからな」

「……どういうこと?」

白雪の困惑に気づいたのか、男の子は頭上に被さる龍骨全体を長い指で示した。

「お前、この骨をどう思う？」

そんな問いをよこされるとは思わず、白雪は動揺しながら龍骨を見上げた。

おそらく龍神は、この地に降り立って事切れたのだろう。規則正しく並ぶ肋骨はアーチを描き、白雪の胴よりも太い背骨によって頭上で繋ぎ止められている。

人間とは明らかに違う、異形の骸《むくろ》。

けれど白雪はにっこり笑った。

「かっこいいと思う！　それになんだか神聖な感じがして、私は好きなの」

「これが神聖なものか。この骨は、元は人間だったんだぞ」

不機嫌そうな男の子の返事に、何を言うのかと白雪は戸惑う。龍骨は龍神の遺骸だ。

そして龍神は人間ではない。

「龍神の本質は〈神殺し〉だ。堕ち神を祓うための装置に過ぎない。……俺もいつかそうなるんだ」

己に言い聞かせるように呟く声は暗い。白雪には、相変わらず何も理解できない。

（でも高そうな着物を着ているし、口調は偉そうだし……この子は神々の一柱？）

そう思うと、巫女としての意識が急にむくむくと湧いてきた。何より、男の子の端正な横顔にかかった、寂しげな影を放っておけなかった。

「よくわからないけど、迷子じゃないの？　それなら面白いもの見せてあげる！」

着物の懐から矢立を取り出し、引っ張り出した筆の穂先にたっぷり墨を含ませる。

そうして、手近に転がっていたひと抱えほどの岩に、『崩』の一字を書いた。

「それの何が面白いんだ……」

男の子が言い終わる前に、岩の表面にぴしりと罅《ひび》が入る。かと思うと、岩はみるみるうちに砂と化して崩れ去ってしまった。白雪の霊力を含ませた『崩』の字の通りに。

男の子は唖然《あぜん》としたように、ついさっきまで岩のあったところを凝視している。そこではもう、砂の山が風に吹き散らされていくばかりだった。

「お前、異能持ちだな。巫女か？」

「うん。他にも色々できるよ。だからよかったら、ここにいるよりも、もっと楽しいことをしようよ」

けれどそう言って白雪が差し出した手は、いつまでも宙ぶらりんだった。男の子は白雪の手と、形を崩した砂山を見比べ、厳かに言った。

「巫女があまり妙なことに力を使うなよ。それは神々のための力だろ」

「でも、ここで一人ぼっちのあなたを放っておけないもの」

男の子がハッとして白雪の目を見つめる。白雪も負けじと見つめ返す。固く引き結ばれた男の子の唇の端が、かすかに震えていた。

どこからかひらりと紋白蝶が飛んできて、二人の間をよぎる。

まるでその白い翅《はね》に触れようとするかのように、男の子がそうっと腕を伸ばし、二人の指先が重なろうとしたとき。

よく晴れていたはずの空が急に曇り、遠くから雷鳴が聞こえてきた。

「な、何?」

白雪が怯えて空を仰いだ刹那、男の子が勢いよく立ち上がる。白雪の腕をぐいと掴むや否や、肋骨の陰に押し込んだ。

空は鉛色の分厚い雲に覆われ、地面から黒い靄のようなものが立ち上っている。

「ここを動くな。瘴気が出ている。堕ち神の出現の予兆だ」

「お、堕ち神!?」

空間を裂くように稲妻が落ちたのはその直後。白雪は両耳を押さえながら目を開け、そこに広がる光景に悲鳴をあげた。

(あれが、堕ち神――!?)

堕ち神は異形の腕を広げ、乱杭歯《らんぐいば》の見える口を大きく開き、唸り声をあげた。

「ひっ……」

白雪は肋骨に取りすがり、がくがく震えながら男の子の姿を探す。

だが湿地のどこにも人影はなかった。

呆然としているうちに雨粒が顔を打ち、白雪は絶望的な気持ちで空を仰ぐ。そして、ぽかんと口を開けた。

「へ……?」

（龍――?）

神話絵巻で見たことのある龍が悠然と頭上をたゆたっていた。滑らかな白い腹に、頭部と背にびっしりと生え揃った鱗。降りしきる雨を弾き、白銀の鬣がたなびく。

龍はぐるりと空を一周すると、狙い定めたように地上に急降下した。

堕ち神に突っ込み、鋭い鉤爪《かぎつめ》で肩を抉《えぐ》る。堕ち神がこの世のものとも思えぬ濁った悲鳴をあげてのけぞる。その機を逃さず龍の尾が堕ち神を打ち、地面に叩《たた》きつけた。

あっという間の出来事だった。

悲鳴をあげる間もなく決着はついた。茫然自失《ぼうぜんじしつ》のていで眺めているうちに雨がやむ。

堕ち神の上を飛んでいた龍の体が淡く光り輝いたかと思うと、端から光の糸が解けるように、姿が溶けて消えていった。

ほんの瞬きの後、地上には男の子が立っていた。白雪からは背中しか見えない。ついさっきまでの争いなど何もなかった風情の、着物に泥汚れ一つ見当たらない後ろ姿だけが。

「何があったの……?」

声をかけようとして言葉を呑み込む。こちらを振り向いた男の子の額にはツノが生え、頬から首筋にかけて龍の鱗が生えていた。よく見れば左手にはまだ龍の鉤爪がついたままだ。

男の子は絶句した白雪に気づいたように、右手で自分の頬を擦る。整った顔に苦笑が浮かんだ。鱗が擦れて、手のひらが痛そうだった。

「なんだ、俺の姿が不気味か？」

皮肉っぽく笑う口からは鋭い牙が覗く。白雪の肌など容易《たやす》く食い破ってしまいそうな獰猛《どうもう》さだった。

白雪は龍骨の外へ飛び出した。全身が震えていた。目をいっぱいに見開き、男の子を凝視し、耐えきれないというように一歩あとじさった。

（……こんなの、こんなの）

すごく、すごく。

「かっっ、こいいねえー！」

弾みをつけて地面を蹴り、ほとんど飛びつく勢いで男の子に駆け寄る。右手で白雪を制しながら、男の子は「は？」とたじろいだ。

「すごいすごい！　やっぱり龍って綺麗ね！　それに助けてくれてありがとう！」

頬を紅潮させてはしゃぐ白雪に、今度は男の子が絶句する。信じられないものを見るような目つきを白雪に向け、ぼそりと呟いた。

「……俺が恐ろしくはないのか」

「どうして？　本当にかっこよかった！　鱗も艶々して綺麗だし、ツノもかっこいいし、鉤爪もよく切れてすごい！　もっと近くで見てもいい!?」

「や、やめろ」

顔を近寄せる白雪に、男の子が耳を赤くして後ろに下がる。白雪はしょんぼりと身を離した。嫌がる人に、無理強いしてはいけない。

男の子はそわそわとツノに触れると、ちらっと白雪を盗み見た。

「……見るくらいなら構わないが」

「本当!?　触ってもいい？」

「……少しなら」

「やったあ！」

白雪が諸手を上げたとき、男の子の背後で堕ち神が身じろぎした。

——一瞬だった。

男の子が白雪を庇《かば》おうとする前に、堕ち神の手から黒い光のようなものが放たれる。

それは白雪の右腕を擦り、龍骨に当たって砕けた。

「こいつ……っ」

男の子が鉤爪を振り下ろしてとどめを刺す。堕ち神が完全に動かなくなったのを確認してから、男の子は焦ったように白雪の元へ駆け寄ってきた。

「無事か!? 堕ち神の傷は瘴気が混じっているから治りにくいんだ。早く医者を……」

「だ、大丈夫。ちょっとかすっただけ」

白雪は右腕を見せる。着物が裂けていたが、その下に見える白い肌にはわずかに血が滲むだけだった。ヒリヒリとした痛みも我慢できる範囲だ。

男の子はほっとしたようだったが、右手で取り出した手巾を白雪に押しつけた。

「かすり傷だとしても、すぐに医者に診てもらうべきだ」

「うん、ありがとう。すっごく助かった……」

「別に、大したことはしていない。結局お前に怪我もさせたし……」

「そんなことない。もしあなたがいなかったら、きっと堕ち神に殺されていたもの」

今さら込み上げてきた恐怖を振り払うように、白雪はあえて明るく言った。

「何かお礼をさせてよ！ 私の異能で、なんでも叶えてあげる！」

「なんでも？」

男の子は薄く笑い、左手に目を落とした。腕の半ばから皮膚が硬化し、鋭い鉤爪のついた手に。

「それなら……俺の、この龍の力を、封印できるか？」

「え……っ」

うつむきがちに左手を見つめる男の子を前に、高揚していた頭がしんと冷えていく。白雪は単なる通りすがりの巫女で、彼の抱える屈託なんてわからない脇役だ。けれど命の恩人のお願いを無下にできるほど、恩知らずではない。

それに翳りを帯びた男の子の顔を、少しでも明るくしてあげたかった。

「わかった。任せて！」

白雪は躊躇《ちゅうちょ》なく男の子の左手を掴んだ。一瞬、恐れるように男の子が手を引いた。

「おい、お前も爪で怪我をする」

「大丈夫だから、動かないで。……あっ、筆がない」

筆は龍骨のそばに転がっていた。先ほどの騒動で落としてしまったようだった。だからそのとき、どうしてそうしたのかはわからない。

白雪は自分の傷口に手をやった。指先に血をなすりつけ、鉤爪に『封』と記す。

何も起こらなかった。白雪の書いた文字は厚い皮膚に吸い込まれるように消えてしまい、それ以上変化はなかった。

男の子が肩から力を抜き、諦めたように笑う。そっと手を引き抜いた。白雪を傷つけないようにしているのが伝わってくる、慎重な手つきだった。

「気にするな、お前のせいじゃない。しょせんは戯れだ。本気で願うものか。……だが、遊びに付き合ってくれてありがとう」

そこへ騒ぎを聞きつけたのか、森を抜けて幾人もの大人たちが駆け寄ってきた。男の子と同じように上等な着物を着た人たちだった。

大人たちは白雪などいないかのように男の子を取り囲む。みるみるうちに離れた距離を飛び越えるように、白雪は呼びかけた。

「ねえ、一つ聞き忘れていたの。あなたのお名前は？」

人垣の向こう、うつむいていた男の子が白雪に顔を向け、わずかに目を細めた。

「……雨月だ。苗字はない」

晴れた空から差す日を受けて、黒曜石みたいな瞳がきらめく。白雪の見間違いでなければ、確かに一瞬口の端が緩んだ。雨月は微笑んでくれた。

そうして別れを告げるように右手を振って、雨月は大人たちに連れられていってしまった。

全て夢だったみたいに、白雪は一人取り残される。けれど夢ではない証拠に右腕には傷が残っている。

「雨月、様」

その名は十年、白雪の心の一番特別な席に刻まれることとなった。

＊

かつての龍骨ヶ原は湿地の中に巨大な骨が埋まる地だったが、今は地面が干からびている。天高くそびえていた龍骨は、背骨から崩れ落ち、灰色の骨の山と化していた。

「あまり龍骨に近寄るなよ、危険だから」

前に出ようとする白雪を雨月が片手で引き止める。白雪は感慨深さに大きく息を吐き出し、うっかり口を滑らせていた。

「すみません。懐かしくて、つい。私は、ここで雨月様に救われたのですよ」

「なんだと？」

雨月が続きを促すように見つめてくるので、白雪は出会いについてかいつまんで話す。そのうちに雨月の瞳がじわじわと見開かれてゆき、やがてふっと肩の力が抜かれた。

「……なるほど。そういうことか」

そんな雨月は骨の山を目の当たりにしても眉一つ動かさない。何事か一人で納得しているようだった。

「それよりも……先ほど陽天様が仰っていた、事情というのはなんなのでしょうか」

懐かしさを胸に畳んで訊ねれば、雨月が白雪を振り向く。冬空の下、ほんのりと陽光を浴びる顔にはなんの感情も浮かんではいない。

「あんなもの、陽天の妄言だ」

「う、嘘ですよね？」

雨月はまた骨の山に目を戻した。その横顔を仰ぎ見た白雪は、くいと雨月の袖を引く。わざわざここまで押しかけたのは、聞きたいことがあったからだ。

「私は頼りないかもしれませんが、これまで雨月様のそばにおりました。もし何か抱え込んでいらっしゃるのであれば……私も、少しはその荷物を一緒に持ちたいです」

冷たい風が吹き、龍骨ヶ原を囲む森をざわめかせる。きらめく白銀の髪をなびかせ、雨月がおもむろに呟いた。

「本当に、聞く覚悟があるのか？」

こちらへ向けられた目には押し込められた激情がほの見えた。白雪の背筋がぞくりと粟立つ。わずかにたじろぎかけ、でも、と白雪はその場に留まった。

（私はもう、雨月様のおそばにいると決めたはず）

雨月がありのままの白雪を大切にしてくれるから、白雪もそれに応えようと思ったのだ。そうであれば、何も知らずに安穏としているわけにはいかなかった。

「……これを覚悟といっていいのか、私にはわからない、です。だとしても、ここで見ないふりをしたくはありません」

精いっぱいの答えに、雨月はすぐには返事をくれなかった。白雪に袖を掴ませたまま、黙然と龍骨の残骸を見つめている。

やがて諦めたように深々とため息をつき、白雪に向き直った。

「楽しい気分にはならないぞ。白雪にこんな話をするのは、俺の本意ではないんだが」

言い渋るのは雨月の優しさなのだろう。だとしてももはや白雪に退く気はなかった。

「何を聞いても、私は受け止めたいです。どうか……お聞かせください」

雨月はもう一度ため息を漏らし、話し出した。

「わかったが、あんまり悲しむなよ。――俺の寿命はもうすぐ尽きるかもしれないんだ」


背には龍骨の成れの果てがある。

雨月はこちらを見上げてくる白雪に顔を向け、どう話すべきか思案した。白雪の潤んだ瞳も、色を失くした小さな唇も、雨月の胸を締めつけて仕方がなかった。

この龍骨ヶ原に来て白雪の話を聞いた瞬間、雨月は〝恩人〟の顔を思い出していた。

「そもそも〈神殺しの龍〉とは、初代の〈神殺しの龍〉である龍神の魂を受け継ぐ存在なんだ。初代龍神の魂が適合する人間が選ばれ、龍神――当代の〈神殺しの龍〉――となる。わかるか？」

白雪は目を大きく見開き、答えを咀嚼《そしゃく》するようにしばし黙り込んだ。引き締めた顔つきの向こうで、忙しなく思考しているのが手に取るように伝わってくる。

「つまり……適性のある人間が、初代龍神の魂を受け入れて神になるということですか？」

「そうだ。そして神殺しは、神々の中でも際立って強大な力だ。堕ちたとはいえ同胞である神を祓うなど、俺以外には成し得ない。そのような力を持つ元人間の肉体は、その強い神気に長くは耐えられない」

白雪が鋭く息を呑む。だんだんと青ざめていく頬に手を伸ばしたくなって、けれど今の自分はそうする立場ではないと自制し、雨月は指を折り込んだ。

代わりに、野晒しになった龍骨の山を差し仰ぐ。冬の弱々しい日光に白々と浮かび上がる巨大な遺骸を。

白雪も同じように龍骨を見上げ、それから雨月の袖を震える手でめくった。日差しに縁取られて、鱗がわずかに光を放つ。

「最初に雨月様は仰っていました。龍の呪いが進めば、体が鱗に蝕まれて龍になると。あれは人間の体が耐えられないからだったのですか……？」

白雪の細い指が鱗に触れる。特に触覚のない鱗では、その温もりも手触りも感じ取ることはできなかった。

「そうだ。俺という存在の全ては、徐々に初代龍神の魂に蝕まれていく。代わりに初代龍神は、肉体も精神も魂も、あまねく俺が持つものを食い潰し、龍となってこの世に顕現する。そしてそのまま数百年の時を生き、龍骨となる」

「だとしたら、雨月様はいずれ……」

その先の言葉を、白雪は舌に乗せられなかったようだった。声にすればそれが現実になってしまうと恐れるように、両手で口を押さえる。

雨月は長く息を吐き、唇を引き結ぶ。眼前の白雪が余裕を取り戻していないのを承知で、続けた。

「〈神殺しの龍〉になった時点で、俺の末路は定められた。あとはそれを、どれだけ先延ばしにできるかという話だったんだ」

辺りを囲む森の木々が、剥き出しの枝を激しくたわませる。雨月の声は森のざわめきに掻き消されることなく白雪に届いたようだった。彼女は龍骨と雨月とに代わる視線を巡らせ、ほっそりとした顎を震わせていた。

「だから、雨月様は花巫女を……」

龍骨の山のどこかが崩れて、骨の砕ける鈍い音が聞こえてきた。すっかり干上がった地面に、白い砂埃《すなぼこり》が舞い上がる。

「この龍骨は、先代の龍神——俺の前の生贄というわけだ。今回崩落したのは、おそらく自分の引き際を悟ったんだろう。俺の寿命が尽きるのを見越して、先んじてこの世から消え去ろうとした。神の遺骸だ、まだ意思のようなものが残っていてもおかしくはない」

雨月の怒りなど無関係だ。それはこの地に来てすぐにわかった。遥《はる》か昔、孤独のうちに死んでいった誰かの悲鳴が聞こえてくるような気がした。

「そんな……」

白雪は愕然として唇をわななかせている。着物の裾から覗く、真っ白な足袋を履いた足が、今にもくずおれそうに震えていた。

雨月は苦く笑う。

「白雪が静かになると調子が狂うな。いつも通りにしてくれ」

「こ、この状況で……？　無茶を仰いますよ」

白雪が泣きそうな顔でくしゃくしゃと笑った。とにもかくにも、笑みが見られてほっとする。

雨月は絶対に、自分を可哀想な悲劇の神として見られたくはなかった。〈神殺しの龍〉になってから、己に課されたものと終始向き合ってきたのだ。どうして自分が、とか、逃げ出したい、とか、そういう青い悩みとはとっくに折り合いをつけている。

この空木津国を守るために、〈神殺しの龍〉が必要なのはわかっている。堕ち神がどれほど人々に害をなすのかは目の当たりにして知っている。それを祓えるのが自分しかいないのであれば、白雪のような無辜《むこ》の民を堕ち神から守れるのが自分だけならば、誇りを持ってその役目を引き受ける。雨月はそう決めていた。

でもきっと、そんなふうに決意できたのは、〝恩人〟との出会いがあったからだ。

「——俺が〈神殺しの龍〉となったのは十年前のある春の日だ」

ぽつりと切り出した雨月に向かって、白雪が真剣に耳をそばだてる。その幼気《いたいけ》な面差しを前にして、雨月は込み上げてくるものを堪えた。

「朝起きてみると、俺の体に変異があった。額からツノが生えて、肌には鱗が生えて……自分の体が、人間ではないものに変化していくのは、正直恐ろしかった」

あのときの、吐き気のするような怖気立つ感覚を未だによく覚えている。柔らかな人間の体が、見知らぬ神に乗っ取られていく。痛みがないのが逆に怖かった。まるでこの体が、そう変化するようにあらかじめ定められているようで。

「〈神殺しの龍〉になった後、行く当てもなく龍骨ヶ原に辿り着いた。そこで一人の女の子に出会ったんだ。その子は書いた文字を現実にするという異能を持っていて、俺に笑顔で手を差し伸べてくれた。そこへ堕ち神が現れて——俺は、龍体となってその子を助けた」

答え合わせをするように一つ一つ記憶をなぞっていく。話が進むにつれて、白雪の表情が、まさかとでもいうように動いた。

「その後その子は俺の願いに応じて、封印の真似事をしてくれた。意味はなかったが、それでも本当に嬉しかったよ。龍体をかっこいいだなんて言って、感謝してくれて、俺の努めに報いをくれたのはその子が初めてだった。──あの人生最悪の日に、人生最高の思い出が混じった。俺の〝恩人〟が誰か、ここまで言えばわかるだろう」

白雪の目が見開かれる。雨月はとうとう耐えられなくなって、夢の中を歩くように一歩踏み出し、その細い手首を握りしめた。

「白雪こそが俺の心を救ってくれたんだ」

──愛している、と言いかけて。

雨月は口を閉ざす。

至近で眺める白雪はどう見ても一連の話に衝撃を受けていて、冷静さを失っていた。おそらくこの場で愛を打ち明ければ、何も考えずに頷いてくれるだろう。

けれど、その後は?

きっと白雪は逃げない。彼女はそういう人間だ。困っている相手を助けることに躊躇がなくて、受けた恩を忘れない誠実さを持っている。雨月の境遇に同情して、憐れみでもってずっとそばにいてくれるだろう。逃げたいと思ったとしても、そんな自分の心はひた隠しにして。

だが、それは雨月の望みとはかけ離れていた。

彼女の善良さにつけ込むような真似はしたくない。義侠心ではなく、誠実さでもなく、ただ雨月の願望の帰着として。

白雪に心から自分を求めてほしい。憐れみだろうが尊敬だろうが何もかも不足だ。

雨月は白雪の恋と愛が欲しい。

最初は、そんなつもりではなかった。

すぐそこに命の終わりが見えている以上、白雪とは一定の距離を保とうとした。親しくなってから自分が死ねば、必ず彼女が傷つくことがわかっていたからだ。

しかし、日常の情景を白雪が彩ってくれるほどに。

どうしようもなく、抗いようもなく、惜しくなってしまった。

これが神の、花巫女に対する執着なのだろうか。

もはや良識と理性の一線を踏み越え、雨月は白雪の全てが欲しい。そのためならばなんでもできる。世界で最も愛おしい少女を隣に置いて、爪一つ出さず、その心が変わるのを待つくらい容易いことだ。雨月は我慢強いのではない。ただ強欲なだけだ。

彼女が〈神殺しの龍〉を信仰しているのは痛感している。その向こう側にいる雨月についてはなんとも思っておらず、存在を知覚しているかも怪しいことも。

――白雪は雨月に恋心を抱いていない。

だとしても、必ず自分に目を向けさせる。

白雪は雨月の内面などつゆ知らず、清らかな面持ちでただ胸を痛めるように眉を寄せていた。振り解かれもしない手首は、笑ってしまうくらい細い。

ときおり自身でも御せなくなるほど際限のない欲深さ。いくら白雪といえど、この一端に触れれば怯えるだろう。それでも己の性質が変わる気はしなくて、雨月はひっそりと嗤《わら》った。

白雪はもう立っているのが精いっぱいだった。たった今伝えられた怒涛の事実に押し潰されそうになる。

この話をしている間、雨月の瞳に揺らぎはなかった。全てを決まったこととして受け入れたように、淡々とした口調で語り続けた。

つまりは悩みも鬱屈もとうに通り過ぎて、それでも神殺しの責務を果たすと誓っているのだろう。彼の決意を支えるのに、誰かの助けは必要ない。自分一人だけで堂々と立っていられるのだ。

白雪は、そういう気高さが好きだった。

光り輝く一等星として仰いで、憧れを導として追いかけてきた。

それなのに。

「雨月様の恩人が……私、なのですか」

とてもではないが信じられなかった。雨月が言ったのでなければ、揶揄われたのだと一笑に付していただろう。けれど他の誰よりも信じられる、雨月自身が肯定する。

白雪はふらつく足をなんとか踏みしめ、雨月を見上げた。

「い、いつから私だと……？」

「最初はわからなかった。あの日は苦しい一日でもあったから、ぼんやりとしか顔を覚えていなくてな。だが白雪に異能があると聞いて、そうではないかと疑い始めた。そして今、龍骨の前に立つ白雪を見て、話を聞いて、確信を得た」

「そう、だったのですか……」

「巻き込んでしまって、すまない。何も話さなければ、白雪にそんな顔をさせずに終われたのに」

「終わる……」

呟いた白雪に、雨月がしまったと言いたげに顔をしかめる。白雪はとっさに、掴まれた手を押さえていた。

「わ、私が終わらせません。私の霊力で、少しは龍の呪いを抑えられているはずです。やっぱりもっとたくさん〈神鎮めの儀〉をしましょう。そうしたらきっと」

「だめだ。白雪に無理はさせない。絶対にだ。白雪が良くても、俺が許さない」

舌をもつれさせる白雪を、雨月が断固として拒んだ。それから思いの外優しい手つきで白雪の手を外す。

指先が離れる刹那、雨月の爪がわずかに白雪の肌に食い込んだ。

「白雪の気持ちは嬉しい。だが……恩人に犠牲を強いてまで生き延びたいとは思わない。これは〈神殺しの龍〉としての俺の矜持《きょうじ》だ」

雨月との間に、明らかに一線が引かれる。そのまっすぐな軌跡までが目で辿れるようだった。

「恩人、だなんて……私は、報いが欲しかったわけではなく……」

「打算のなさは伝わっている。だが救われた側にはそんなことは関係がない。この感覚は、白雪が一番わかってくれると思うが」

図星を指されて、白雪は唇を真横に結ぶ。なんの反駁もできなかった。白雪の積み重ねた想いがあるからこそ、白雪は雨月の気持ちを否定できない。

(でも何か……他に何か、私にできることはないの!?)

胸の底に、冷たい風が吹き抜ける心地がする。とっさに胸元を押さえると、懐にしまったお守りの感触があった。着物の上から握りしめ、弱気になりそうな心を必死に鼓舞する。

と、雨月がふわりと笑った。それは話の惨烈さに似つかわしくない、十年前、最後に白雪に向けられた少年の笑顔と重なる微笑だった。

「俺を憐れんでくれるなよ。これでも俺は白雪と再会できて、花巫女に選べて、この国で最も幸福な神だと思っているんだ。今まで通り過ごしてくれるのが、何よりの喜びだ」

白雪は声もなく雨月を仰ぐ。それは一面では真実だろう。誇り高い龍神である雨月が、白雪ごときに助けを求めるわけがない。

（……でも、私は）

かつて白雪の霊力のなさを嘲笑った声が、今度もまた耳元で囁くようだった。

――落ちこぼれ巫女にできることなんてあるわけないのに。

――神様の神様になって全てを救おうだなんて、思い上がりなのに。

不穏な囁きに耳を貸さないように、白雪は強く唇を噛む。

「話は終わりだ。今度こそ帰るか」

雨月は白雪を見て、ほんの瞬きの間だけ痛みを堪えるように顔をしかめた。けれどすぐに白雪の手を引いて、指を絡めてくる。

あまりに自然な手つきだったから、白雪は大げさに騒ぐ気になれなかった。触れ合う手のひらが温かい。長い指がときおり手の甲を撫でるのがくすぐったい。

屋敷に帰るまで、二人はそれぞれの沈黙を噛みしめていた。

数日後の夜、白雪は書斎で、雨月と〈神鎮めの儀〉を行っていた。

雨月の膝に座り、互いの額を突き合わせる。すぐに額が熱くなり、霊力が流れ出していった。

最近は毎朝禊《みそぎ》として水垢離《みずごり》を行っており、ごくわずかずつだが、霊力が増している。冬の早朝に冷たい清水を浴びるのはほとんど拷問だが、雨月のためと思えばどうということもなかった。

「……そこまでにしておけ」

しばらくすると、雨月の手が白雪の肩をぐいと突き放す。白雪はぶんぶんと首を振った。

「あ、あと少しは平気ですから」

「だめだ、顔から血の気が引いている。おい、無理矢理に額を合わせようとするな」

「うぐぐっ……」

白雪が全体重をかけて雨月の方に身を傾けても、雨月は片腕でこちらの動きを封じてしまう。力の差が歴然としており、とても敵わない。

白雪は悄然《しょうぜん》と肩を落とした。雨月の言う通り、霊力の使いすぎで息が弾んでいる。

でも、もうちょっとなら平気なはずだった。

「まったく、白雪は諦めが悪すぎる」

雨月が重々しく嘆息し、白雪の気をそらすように、着流しの懐から封書を取り出した。蛇腹折りにされた鳥の子紙だった。

「そういえば今度、神々や花巫女と大王の首脳部との交流を兼ねた夜会が催されるらしい。俺に招待状が届いた。白雪も来い」

「私でよければご一緒しますが……」

息を整えながら、白雪は雨月の膝から下りようとする。だが雨月の腕がしっかりと白雪の腰をとらえているせいで、身動きできなかった。

「……あの？」

「こちらの方が話しやすいだろう」

「ち、近いです。もう少し距離を……」

にわかに騒ぎ始めた心臓を押さえるのに必死な白雪としては、その意見には賛同しかねる。だが雨月が愉快そうに口の端を吊り上げるのを見て取り、できるだけ平静を装って「でも、雨月様がお望みならここにいますよ」と澄ましてみせた。なんとなく、この体勢の方が雨月は楽しそうだ。

「ほら、読んでみろ」

雨月は白雪の前で封書を開く。そこには一週間後の日付が記されていた。

今までの白雪であれば、夜会に参加するなど到底考えられなかった。上手くやれるかは自信がないが、せめて同行者として雨月に恥をかかせない振る舞いをしよう、と心に決める。

それに、よく考えれば良いことも一つあった。

「夜会へ行けば、私の友人にも会えるかもしれません。楽しみです、ありがとうございます」

「……ん、そうか」

微笑みとともに礼を言えば、雨月の目がすいとそらされる。それから問いかけとも独り言ともつかぬ口調で呟かれた。

「……白雪はどんな恰好で夜会へ行くつもりなんだ」

「まだあまり考えていませんが、以前買っていただいた振袖を着ようかと思います。はっ、もしや雨月様のお隣にいるのに、それでは不足でしょうか？」

「そうではなく」

雨月は言葉を切り、白雪に視線を戻した。明るさを絞った洋燈の光が黒い瞳に映り込み、小さな篝火《かがりび》が燃えているように見えた。

「当日は俺のために着飾ってほしい。夜会など煩わしいだけだが、綺麗な白雪を見るのは楽しみだから」

「はいっ……!?」

突拍子もない期待をかけられて、白雪はなんと返事をしたらいいのかわからなくなる。ただ顔面がじわりと熱を持ってきて、がくがくと首を振った。

「わかりました。き、綺麗になるかはわかりませんが……精進します」

「なんだ、それ。相変わらず、白雪の言葉遣いはときどき珍妙になるよな」

くすくすと楽しげに笑った雨月が、ふいに小さく欠伸を漏らした。いつもきちんとしている彼が、こんなふうに気を抜いた姿を見せるのは珍しい。

「悪い……」

片手で口を覆い、気恥ずかしげに謝罪する雨月もまた稀《まれ》な光景だった。しかしそれくらいには心を開いてもらっているのだと思うとなんだか微笑ましくなってきて、白雪は優しく訊ねた。

「もうお休みになりますか？　最近は堕ち神の討伐も多かったので、お疲れでしょう」

「……ああ、そうする」

雨月が重たげに瞼を下ろす。これは本格的に眠いのだな、と白雪が雨月の膝から離れようとしたとき。

「──お前、どこへ行く」

万力で締め上げるような力で、ぎしりと手首を掴まれた。

「雨月様……？」

視線を動かした白雪は、そこでかち合った雨月の双眸に、本能的に身を引いた。

白雪に向けられたのは冴え冴えとした無表情で、およそ温もりというものがなかった。

長身を包む紺青色の浴衣も、見惚れるほど整った顔立ちもついさっきと全く同じ。

それなのに、この世の全てを見下すように睥睨《へいげい》する目つきがひどく禍々しい。

白雪の背筋に怖気が走った。

「――ああ、雨月だ」

応じる声とていつもと同じ音なのに、響きが全く異なっている。雨月は普段、とても温かく白雪を呼んでくれていたのだと、痺《しび》れたような頭の隅でちらと思った。

硬直する白雪の手首を、雨月は手放そうとしない。肌に痣《あざ》が残ってしまうのではないかと心配になるくらいの力で掴んでくる。押し潰された血管が手首の内側でドクドクと脈打つたび、逃げるべきだと脳内に警鐘が鳴り響く。それでも全身がすくんで動けない。

「それで、お前はどこへ行こうとしていた？」

気づけば、雨月がもう片方の手で白雪の顎を掴んでいた。最前と変わらず、この世の全てに退屈したような平板な表情で、けれど不吉な気配を放ちながら。

今にも挫けそうな心を励まして、白雪はかろうじて問い返す。

「あの、本当に雨月様、ですか……？」

「何を疑うことがある。お前は俺をよく知っているだろう」

平たい声音で返される問いに、白雪は必死に頷こうとする。そうすることで、恐怖する自分を丸め込もうとするかのように。

その通りよく知っている。その重要な務めも、堕ち神討伐の活躍も、強大な能力も、来歴も身の上も、全て。

（……それは、知っているということなの？）

胸に疑問が萌して、白雪の動きが止まる。

まるで相手が一冊の本か何かのように、過去をつらつら読み解くことが、〝知っている〟なのか。

——本当に知っている相手なら、迷わず正体を看破できるのではないか？

さまよい出した白雪の思考を、眼前の雨月が遮った。

「俺はお前をよく知っている。あのときの娘だ」

「……え……？」

喉が絞られたように、かすれた声しか出せない。

震え上がる白雪に構わず、雨月の手が無理矢理に顔を引き寄せる。白雪の喉からひっと怯えた声が漏れた。

「忌々しい奴め」

至近距離で目が合う。その両目が金色に変じ、薄闇に炯々《けいけい》と浮かんでいた。あまりに不穏な輝きに白雪はごくりと唾を飲み込む。こめかみに滲んだ冷や汗が、つっと頬に伝った。

こちらを見下ろす雨月の唇に、薄い笑みが刷かれる。

「よくも俺の前で平然としていられるな」

言いざま、すっと雨月が首を傾けた。冷たい吐息が鼻先をかすめ、雨月の前髪が額に垂れ落ちる。

唇が触れてしまう――と白雪が思わず目を瞑って歯を食いしばったとき、顎から手が離れた。

ついで、人の倒れる鈍い音がする。白雪も体勢を崩して床に転がり落ち、縛めが解けたようにハッと瞼を上げた。

「え、は……？」

雨月が長椅子に倒れ伏していた。そのせいで彼の膝に座っていた白雪も一緒に転んだらしい。白雪は急いで頭のそばに跪《ひざまず》いた。

「う、雨月様っ!?　大丈夫ですか!?」

いくら肩を揺すっても雨月が目を覚ます様子はない。表情は穏やかで、何かの病気などではなさそうだった。「ええ……」と今にも洋燈の消えそうな室内を見回し、白雪は途方に暮れた。

「ほ、放っておくわけにはいかないけれど……私、お部屋まで運べるかしら……？」

まだ震えている体を励ますように、へらりと笑みを作ってみせる。けれどすぐに頬が痛んで、白雪はぐいと唇を拭った。

鳥の声が聞こえる。

下ろした瞼を貫く明るさに、白雪はうう、と呻き声をあげた。最悪な夢を見た。早く起きて、朝餉を作って、悪夢なんて振り払ってしまわなくては。

「……ぅ」

「起きたか」

「んえ」

なんとか瞼を持ち上げ、瞬きを繰り返す。だんだんと明瞭になる視界の向こう、布団に寝そべった雨月が片肘をついてこちらの寝顔を覗いていて、白雪は凍りついた。

「……は、い……!?」

「よく眠れたか？」

「えっ……!?」

素早く辺りを見渡す。白雪の部屋よりもいくらか広い座敷。文机と箪笥《たんす》が置かれたくらいの室内には見覚えがある。雨月の部屋だ。

（しかも、なんか、温かい、ような……）

ギギ、と首を回《めぐ》らし、白雪は顔を正面に戻す。雨月の距離が近い。寝起きだというのにとんでもなく美しい顔が目と鼻の先にある。寝乱れた浴衣のあわせからしっかりと筋肉のついた胸元が見えて、白雪は全力で視線を上方に固定した。恐るべきことに、白雪は雨月と同じ布団で眠っている。

どうやら昨晩、雨月を部屋まで運び込んだところで力尽きたらしい。しかも寒かったからか、雨月の布団に不法侵入したようだ。

状況を理解した瞬間、顔面から音を立てて血の気が引いていった。布団を飛び出し、畳に額を擦りつける。

「申し訳ありません!!　誓ってふしだらな真似はしていません!!」

「それを弁明するのは俺の方ではないのか?」

「雨月様がそのようなことをなさるはずがありません!　どう考えてもやらかすのは私です!!」

夜這いするようなはしたない女だと思われたくないが、状況証拠の全てが白雪の犯行を裏づけている。顔から火が出そうだ。頭を上げられない。

「信頼が篤《あつ》くて涙が出るな。俺は気にしていないから顔を上げろ。白雪の寝顔を眺めているのもなかなか楽しかった」

「ああとんだ間抜け面を晒してしまい……」

「すやすや寝ているのも可愛かったぞ？」

「承知しました。一生寝ます」

「永眠するな」

頭を上げると、雨月はおかしそうに笑いを噛み殺していた。平生通りの会話ができたことにとてつもなく安心する。

雨月が布団に起き上がり、今度は真面目な顔で白雪に訊ねた。

「笑い事では済まないから聞かせてくれ。俺は白雪に何もしていないな？」

昨夜の雨月の姿が思い浮かぶ。まるで別人のようだった、あの禍つ神の醒めた表情。白雪を「忌々しい奴」と呼ぶ冷ややかな声。白雪は一度だって雨月を怖いと思ったことはないのに、あの雨月の前ではすくみ上がってしまった。

けれど白雪は曖昧な微笑とともに首を横に振った。

「何もありません。私が寝ぼけたようです。本当にごめんなさい」

「寝ぼけた？　白雪はそんなに粗忽《そこつ》ではないはずだ。その弁解が苦しいと自覚はしているだろうな？　だいたい、昨晩、俺は書斎で寝落ちしたはずだ。その後どうなったんだ」

「う、あの、ええと……」

追及の手を緩めない雨月に、白雪の微笑が萎《しぼ》んでいく。

それでも答えようがなかった。あの雨月をなんと言葉にしたらよいのか、まだ整理できていないのだ。

たぶん白雪には雨月について、知らないことがたくさんあるからなのだろう。

窓の外から、さわさわとした葉擦れの音が聞こえてくる。黙りこくる白雪の頭を雨月が撫でた。

「責めるような物言いになって悪かった。言いたくないならこれ以上は聞かない。だが、言えるときが来たらいつでも話せ」

「そんな、実際私は不審ですし……それに、そのときが来るか、私にもわかりません」

「白雪の中でも明確になっていないことなんだろう。無理に今、聞き出そうとは思わない」

的確に心の内奥を言い当てられて、白雪はきょとんと瞬いた。

「どうしてそんなに私のことをお見通しなのですか？」

「それくらい顔を見ればわかるだろう。白雪は俺のことがわからないか？」

「それは……どうでしょうか」

頭を撫でる雨月の手の下から、白雪は上目に様子を窺う。

(……見ていると、わかる。そういうものかしら)

白雪はじぃっと雨月に視線を注いでみる。しかし「なんだ?」と不審がる雨月からは、昨夜に関してなんの手がかりも得られない。

忌々しい、とはっきり告げられた。あの真意はどこにあるのだろうか。

障子窓からの朝日に照らされる雨月が、どうしてか遠く感じる。あわあわとした光の中に彼を一人取り残してしまうような不安に襲われ、知らず伸ばしそうになった手を慌てて握り込んだ。

(私はずっと、雨月様を見てきたつもりだったけれど。雨月様の考えも、望みも、何もわからなくて……それはもっと他に、必要なものがあるからなのかもしれない)

〈神殺しの龍〉に助けられて、白雪はずっと憧れて追いかけてきた。その雨月自身が最後まで〈神殺しの龍〉でいたいというならそれを全力で応援するのが白雪の務めで、どんな手段を使っても長生きしてほしいなどと願うのは自分勝手な利己心だ。

「白雪、本当にどうした? 珍しく深刻そうな表情をしているぞ」

心配そうに顔を覗かれ、白雪はハッと我に返る。

「い、いえ。大丈夫です。えっと、朝餉の支度をしてきますね」

ざわめく心臓を抱えながら、雨月の部屋を後にした。


招待状に書かれていた夜会の日付はすぐにやって来た。

夜会の会場は、帝都で一番大きな迎賓館。白亜の石造りの三階建ては、ガス灯に煌々《こうこう》と照らしつけられて夜目にも麗しい。玄関を中心に左右対称となったコの字型の建物の造りは、西洋の建築家が設計したという話で帝都には珍しいものだ。

その二階の大広間が今夜の舞台。天井からは水晶のシャンデリアが吊り下げられ、眩い光を参加者たちに投げかけている。

雨月にエスコートされて大広間に入ると、めかし込んだ参加者たちが一斉に視線をこちらへ向けてきた。さすがに神々と花巫女だけあって、どの顔も美しい。

しかし精魂込められた迎賓館の装飾も、神と花巫女の艶姿も、白雪の目には入らなかった。

なぜなら。

(雨月様が三揃いをお召しになるとは聞いていないんですけれども!?)

世の中には白雪の聞いていないことが多すぎる。

ドレスコードがあるものの、洋装か着物かの指定は特になかった。ダンスを踊るわけでなし、女性はドレスだけでなく華やかな着物を着用している者もちらほらいる。

だが迎賓館の設えに合わせ、男性は洋装が多いのだそうだ。雨月も例に漏れず、濡羽色の三揃いをまとっている。髪も綺麗に撫でつけられ、端正な顔があらわになっていて心臓に悪い。

白雪は迎賓館に馬車で乗りつけたときから呆然としており、すでに足ががくがくしている。生まれたての子鹿でももっと頼もしい。

「……大丈夫か？」

「だ、大丈夫です」

嘘だ、全然大丈夫ではない。

白雪は呉服屋で雨月に選んでもらった振袖を着て、結い髪に蝶の簪を挿している。薄く化粧もして、鏡を見たときにはなかなか可愛らしくなったと自画自賛できた。

(でも雨月様のお姿の前では、そんなの全部どうでもいいわ！)

「緊張しているのか？」

「えっ？」

知らぬ間に、白雪はひと気のないバルコニーに連れてこられていた。大広間のさざめきは遠く、眼下に広がる街明かりが気遣わしげな雨月の顔を淡く照らす。

どうやらあまりに正気を失った白雪が、初めての夜会に緊張していると勘違いされたようだった。

雨月が白い手袋をした手で、そっと白雪の頬に触れる。

「顔色が悪い」

「ひゃっ」

直接触られたわけでもないのに珍妙な声が出てしまった。雨月がますます心配そうに眉尻を下げる。

「怖がる必要など微塵もない。誰に何を言われても歯牙にもかけるな。白雪はこの世で一番美しい。髪も振袖もとても綺麗だ。……許されるなら誰にも見せたくない」

「あ、ありがとうございます……」

雨月が目の前にいる時点で「この世で一番美しい」という前提は成立しない気がするが、ともかくも素直に白雪は頷いた。

白雪は大きく深呼吸し、なんとか気を落ち着ける。

「あの、本当に大丈夫です。私は夜会に緊張しているわけではなく……」

雨月を仰ぎ見る。夜空に浮かぶ満月も、銀砂を撒《ま》いたような星も全部褪《あ》せてしまうくらい輝く御麗姿。

いつもの調子で言葉を尽くして褒め称えようとし、なぜか声が喉につっかえた。

「どうした？　本当に具合が悪いか？　それなら帰るぞ。くだらん夜会より白雪の方が大事だ」

「い、いえその、雨月様が、とても素敵なお召し物をまとっていらっしゃるので……」

「ああ、そういうことか」

常の発作が始まるのか、と雨月が腕組みして聞く体勢に入る。白雪も流れる弁舌で絶賛を披露しようとして、けれど、どうしてもしどろもどろになってしまう。

（……あれ？）

じわじわと顔が熱くなり、思わず両手で頬を覆う。薄闇の中ではわからないだろうが、ひどい面相になっている気がした。

「……白雪？」

雨月が怪訝そうに目を眇める。白雪は「え、えっと」とどもりながら、無意味な微笑を浮かべた。

「た、ただ、その、雨月様が、とてもかっこいいなあ、と……」

「いつもより語彙が貧相になっていないか」

「え、へへ……」

顔に集まる熱はいつまで経っても引かない。それどころか雨月が顔を覗き込んでこようとするので、ついつい後ろに下がってしまう。欄干が背中に触れ、追い詰められる。雨月が眉をひそめた。

「そんな端に寄ると危ないからこちらへ来い」

他意はないのだろう、雨月が何気ない手つきで白雪の腕に触れる。そのささやかな感触に白雪がか細い悲鳴をあげたとき。

「白雪さん！」

聞き覚えのある少女の声がかけられて、白雪は我に返った。

「綾さん⁉」

天の助けとばかりに声の方を向く。葦原女学園の親友、筧田綾が懐かしい笑顔を見せてバルコニーへと歩いてくるところだった。

「綾さん、この宴に来ていたのね！」

若草色に扇柄の振袖を着た綾が、はにかんで頷いてくれる。白雪は駆け寄り、綾の手を取ってぶんぶん振った。その華奢な手首には、緑色の輝石の連なった腕飾りが嵌められている。綾が自分では選ばないであろう高価そうなものだが、清楚な彼女の魅力を引き立てる逸品だった。

「ええ、そうなの。お手紙にも書いたけれど、帝都に繋がる街道の一つを司る神に見初めていただいて花巫女になったのよ」

「すごいわ、本当におめでとう！」

繋いだ手を強く握りしめ、さらにぶんぶん振り回す。ぱっと華やいだ親友の容相が心底嬉しかった。きっと大切にされているのだろう。

「学園で習った通り、花巫女になったら霊力も上がったわ。花巫女が神に仕えるという本当の意味が、少しだけわかる気がするの」

「そうなの……」

白雪は目を瞬かせる。白雪も一応花巫女になったはずだが、霊力には一切変化がない。

（やっぱり、私は本当の花巫女ではないから……）

雨月が花巫女と言ってくれていても、その本質はあくまで側仕えの一人。それだけでも本来なら望めないほどの幸福だ。

だからそれ以上のことを考えても仕方がないのに、なぜか綾の言葉が頭の隅に引っかかる。

（花巫女が神に仕えるとは、どういうことなのかしら――）

黙考する白雪をよそに、面映げに笑った綾が「でも」と悪戯《いたずら》っぽく囁いた。

「白雪さんこそ、龍神様の花巫女になったのでしょう？　私のお仕えする方から聞いたわ」

「……んんっ!?」

ちょうど思考を見破られたようで、白雪は咳き込む。自分たちの関係をなんと説明していいのかわからない。親友に嘘はつきたくない。でも……。

もごもごする白雪の背後に向けて、綾が含みを持たせた目を投げる。

「うふふ。いいのよ、言わなくても。見ていればわかるもの」

「え？」

振り向くと、欄干にもたれた雨月がじっとりと白雪を睨んでいた。全身からとんでもなく恨みがましい雰囲気が放たれている。

綾は何もかもお見通しだというように、恭《うやうや》しく雨月に向かって頭を下げた。

「私は白雪さんの友人の筧田綾と申します。突然お声がけして申し訳ございませんでした。お二人の仲を邪魔するつもりはありませんので、どうかお許しくださいませ」

「……いや、俺も大人げない態度だった。失礼した、綾嬢」

雨月にしてはかなり丁重な物腰で綾と会話を交わす。綾は優雅に手を口元に当てた。

「いえいえ、白雪さんは直情的……いえ、止まることを知らぬ回遊魚。そのくせ自分に向けられる感情に疎いところがありますから苦労なさるでしょう」

「友人というのは伊達ではないようだな」

「これでも私、白雪さんの一番の親友ですもの」

何かが通じ合っているらしい二人の様子に、白雪はあっけに取られる。初対面だというのにこの噛み合ったやり取りはなんなんだ。

そわそわして二人を見比べる白雪に、「それにしても」と綾が微笑みかける。

「こういう形で再会できて本当によかったわ。白雪さんは龍神様が大好きだものね」

「だっ……!?」

「ほう、そうなのか。初耳だな。今まで教えてくれなかった」

雨月まで揶揄うように言ってくるので、二の句を継げなくなってしまう。綾の言うことは何も間違っていない。白雪は雨月のことが好きだ、神様として。

それなのに、ここで無邪気に頷けないのはなぜなのか。

二人はニコニコしているばかりで、白雪に救いの手を差し伸べる気はこれっぽっちもなさそうだった。先ほどの顔の熱がぶり返してきてたまらなくなって、やけっぱちで叫ぶ。

「そ、そうですよ！　私は雨月様のことが……だ、大好き、ですよ」

勢いがよかったのは最初だけで、語尾は自信なさげにすぼんでしまった。好きという単語が、なんだか今までとは異なる響きをまとって舌に絡む。

けれど雨月は嬉しそうに目を輝かせていたし、綾も妹を見るようにほのぼのしていた。

「ありがとう、綾嬢。良いものを見られた」

「礼には及びません。ちょっと変わっておりますが、とても良い子です。どうかとびきり大切にしてあげてください。……なんて、私が申し上げずとも、ご存じですね。

出すぎた真似でございました」

「そうだな。だが、友を想う真心に免じてその不敬を許そう」

語らいは軽やかに続き、バルコニーには緩んだ空気が漂う。そのとき、バタバタとした足音が飛び込んできた。

「綾！　どこへ行っていたのだ！」

くるりとした栗色の巻き毛が愛らしい美少年だった。わずかに隆起した細い喉首に蝶ネクタイを締めている。その瞳が腕飾りと同じ緑色をしているのを見て取って、白雪は彼が街道の神かとあたりをつけた。

「ごめんなさい、道反《ちがえし》様。友人を見つけたものだからご挨拶をしていましたの」

「ぼくを置いて勝手にどこかへ行くな。……綾が他の神に目移りしたら困る」

「あらあら、私の神は道反様しかおりません。ご心配なさらないでくださいませ」

下手すれば姉弟にしか見えない取り合わせなのに、二人の間に流れる空気は濃密だ。まるで仲睦まじい恋人同士のように。

（……これが本物の神と花巫女なのね）

友人の顔に見たことのない甘さが滲むのを目の当たりにして、白雪は尻込みする。神と花巫女の運命に乙女らしく頬を染めていた頃の面影はどこにもない。

唐突に世界から弾き出された気がして、この場を辞去した方がいいかときょろきょろしたとき、道反と呼ばれた少年神がじろっと白雪を睨めつけてきた。

「貴様は誰だ。綾のなんだ？」

「登能白雪と申します。綾さんの親友です」

とっさに一礼すると、道反が「む？」と白雪をじろじろ眺め回して眉をひそめる。

「貴様は誰の花巫女だ？　……げえっ、雨月！」

夜陰に溶け込んでいたので立ち姿に気づかなかったようだ。大広間から漏れる明かりを受けてゆっくりと身を晒した雨月が、うっそりと目を細める。

「どうも、道反様。以前夜会でお会いしたときとは様変わりしましたね。あのときは怯えて目も合わせられないご様子でしたのに。花巫女を得てずいぶんとご立派になられたようだ」

皮肉をたっぷりまぶした声音に、道反が明らかに怯む。緑色の瞳を左右に揺らし、決まり悪げに両腕で顔を覆った。

外見の年齢差があるので青年が少年をいじめているような構図になっているが、実際は雨月の方がずっと歳下なのだろう。

けれど道反はしばらくおろおろしていたかと思うと、両腕をぴしりと体の横につけた。行く末を見守る綾の前に出て、しょんぼりと肩を落とす。

「す、すまぬ。雨月の言う通りだ。あのときは花巫女……綾と出会っていなかったから、ぼくは堕ち神になってしまうのではないかと恐れていた。雨月に対しても攻撃的な口を利いた」

うつむきがちだが表情は真摯で、語り口も実直だ。

「雨月の堕ち神討伐によって空木津国は守られている。だというのに、ぼくは無礼だった。堕ちる恐怖は自身で乗り越えるべきもので、雨月にぶつけるのはお門違いだ。……未熟な行いをしたこと、謝罪する」

最後は凛然《りんぜん》と顔を上げ、道反は言い切った。

二つの神の視線が交錯する。と、雨月は軽く息を吐き出し、ひらりと片手を振った。

「別に構いませんよ。俺を見るなり柱の影に隠れてぷるぷる震えて威嚇《いかく》してきたのは、小動物みたいで面白かったですからね」

「綾の前で言うか普通!?　根に持っているであろう!」

「そう簡単に許すのも癪《しゃく》ですので」

「この性悪龍!」

ぷんすこ怒る道反を綾がなだめる。それでなんとなく散会の空気となって、白雪たちは大広間へ戻った。

他にも挨拶があるからと人混みに紛れていく綾たちを見送り、白雪は壁際からぐるりと周囲を見渡す。よく観察すれば、神と花巫女は互いに身を寄せ合って親密な世界を編んでいた。綾と道反だけではない。運命で結ばれた二人ならああなるのだ。

（……私と雨月様の関係とは、違う。花巫女の自覚もない私とは）

雨月の隣に、白雪ではない少女が花巫女として立つ様を想像してみる。仲睦まじく腕を組んだり、少女が背伸びして雨月に内緒話をしたりしているところを。

けれどどんな娘なら雨月に似合うのかと空想の翼を広げても、その少女には顔がないまま一向に未来図は完成しなかった。

「白雪、またぼんやりしてどうした」

雨月にちょいと背をつつかれ、白雪は飛び上がる。

「えっ!?　い、いえっ、平気です。ど、どんなご飯が出るのかと考えておりました」

「ここでわざわざ料理のことを考えるか……？」

挙動不審な白雪の返事に、雨月が首を傾げたとき。

「雨月に白雪さんじゃないか！　探したよ～」

軽く手を上げてやって来たのは陽天だ。灰色の三揃いに身を包み、麦藁色の髪には綺麗に櫛を通している。秀でた額が明らかになって、普段よりも精悍な印象を受けた。

「今日の白雪さんはとびきりお洒落をして別人みたいだね。まるで満開の花に蝶が止まっているようだ」

開口一番褒められて面食らう。雨月がずいと白雪と陽天の間に割り込んだ。

「口説くな」

「ごめんごめん、僕は素直な気持ちを口にしただけなんだけどな。それにほら、今日の僕の恰好を見て何か言うことないかい?」

そう言って陽天が髪に手をやり、しきりに片目を瞑ってみせるので、白雪は察した。

「陽天様もとても男前でいらっしゃいますよ。その髪型もお似合いですね。日頃とは異なる雰囲気が印象的です」

「ありがとう、白雪さん。素直に褒めてくれるのは君くらいだよ! 雨月もいつもこんな感じで褒めてもらっているのかい? 今日もキマッているじゃないか」

「………………」

「なんで睨むの!?」

無言で凄む雨月に、陽天が大げさに怯えてみせる。「雨月こわーい」と可愛らしく目を潤ませ、それから卒然と真顔に戻った。

「そうだ、僕は雨月に用事があったんだよ。さっき弾正台《だんじょうだい》の人間が雨月を探していたんだ。どうも堕ち神の件で相談したいみたい。最近は色々騒がしいからね」

弾正台は帝都の治安維持を目的とする大王直属の組織だ。

よく考えれば堕ち神討伐を生業とする雨月が頼られるのは不思議ではないのだが、そんなふうに人間社会と関わりがあるとは思ってもみなくて白雪は目を丸くする。

雨月は会場の片隅で群れをなす紋付袴の一団を見て、「ああ、彼らか。わかった」と慣れたように諾った。それから白雪の耳元に口を寄せて囁く。

「俺はしばらくこの場を離れる。ここで待っていてくれるか」

「承知いたしました。おとなしくしております」

「……ああ。なるべく早めに戻る」

雨月が頷き、足早にその場を立ち去る。あとに残された陽天が白雪の横に並んだ。

「よかったら僕も一緒に残るよ。変な虫がついても良くないからね」

「ありがとうございます。お手を煩わせてしまって申し訳ありません。……他のご用事はよろしかったのでしょうか？」

「ん？　ああ、いいよ。挨拶は一通り済ませたし、僕って花巫女もいないし」

客の間を縫って歩く女給から葡萄酒《ワイン》のグラスを受け取って、陽天は軽く持ち上げてみせる。真紅の液体の向こうで、明るい笑顔が歪んで映った。

（そういえば……）

この夏の神から、白雪は一度も花巫女の話を聞いたことがない。陽天はあれこれ親切にしてくれるが、自分自身のことを話さないのだ。

陽天から「白雪さんもどうぞ」と渡された水のグラスを握りしめ、白雪は遠慮がちに訊ねた。

「……その、陽天様の花巫女様は……」

「あぁー、別に隠してることでもないから言っちゃうけど。二百五十三年前に亡くしてしまったんだよね。それ以来、これぞ！っていう子がいなくて気楽な独り身なんだ」

二百五十三年、とは人間にとっては途方もない時間である。目をぱちぱちさせる白雪に、陽天が自信ありげに胸をそらした。

「僕ってば一応四季神だから、それくらいなら花巫女がいなくても堕ちないんだよ。あと百年くらいは大丈夫じゃないかな。それに雨月を〈友殺しの龍〉にするわけにはいかないからね。まあ雨月は全然僕を友達って呼んでくれないけど！」

そう言ってくれる陽天の茶目っ気に、白雪はほっと胸を撫で下ろす。やはり夏の神らしく、陽天にはどんなときでも周囲を明るくする力がある。

（それにしても二百五十三年も一人きりでいて、堕ち神になる恐怖に耐えるなんてすさまじい精神力だわ）

神といえど、そんな果てしない孤独に耐え切れるものだろうか。それとも、耐え切れるからこその神なのか。

会場に溢れる神と花巫女を見渡しながら、白雪は独りごちた。

「堕ち神になってしまうとわかっていても、神は適当に花巫女を選べないものなのでしょうか……」

「うん、無理だね」

バッサリと切り捨て、陽天は子どもに言い聞かせるように呟く。

「神にとって花巫女というのはね、ただ〈神鎮めの儀〉をしてくれる人間っていうだけじゃないんだよ。人間の関係に当てはめると、夫婦であったり恋人であったり友人であったり……とにかくその全てを含んだ、余人をもって代え難い存在なんだ」

晴空のような瞳が翳りを帯びて、焦点を失う。きっと二百五十三年前のある地点を見据えているのだろう。口調には切なさが滲んでいた。

「どうしてあの娘でなくてはいけなかったのか、僕にはまだ理由を説明できない。それでも彼女は……彼女だけが、僕にずっと寄り添ってくれた。ままならないね」

そう結ぶと、陽天はグラスをあおって葡萄酒を飲み干し、「だから、僕はのんびり次の花巫女を探しているわけさ」とおどけて片目を瞑る。

「……早く見つかるといいですね」

「はは、ありがとう。──おっと」

そのとき近くを通りがかった女給がふらついて、陽天にぶつかった。素早く受け止めた陽天の腕を、女給の持っていた水差しが濡らす。

「も、申し訳ございません……！」

真っ青になって謝罪する女給に、陽天は鷹揚《おうよう》に笑いかけた。

「大丈夫だよ、これくらい。水も滴るいい男って言うだろう？　君は濡れなかったようだから、もう行っていいよ」

そう軽く手を振る陽天の、三揃いの肘の辺りがぐっしょり濡れて濃く色を変えている。女中は青ざめたまま、「すぐに手巾をお持ちします」と走り去っていった。

「これくらい気にしなくてもいいのにねえ」

「四季神のお召し物を汚したら、普通は気にしますよ……」

凡人の白雪としては、女給の心中を慮《おもんぱか》るといたたまれなくなってくる。そこで一つ思いついて、ぽんと手を打った。

「あの、もしよければ私が乾かしましょうか？」

のんびりとした様子で三揃いを確認していた陽天が、不思議そうに首を傾げる。

「乾かすってどういうことだい？」

「ええと、見ていただいた方が早いのですが……」

白雪は懐から矢立を引っ張り出し、陽天の肘を掴んで『乾』の一字を書いた。

「えっ、さすがに墨は嫌なんだけど!?」

と悲鳴を上げかけた陽天が、ハッと瞠目《どうもく》する。

「これ……異能？」

墨で書いたはずの文字は消え、濡れた三揃いがあっという間に乾いていた。矢立に筆をしまいながら、白雪は控えめに首肯する。

「陽天様にお見せするほどのものではありませんが……」

「お見せするほどのものだよ。異能持ちなんて珍しい！　こんな力を持ってたんだね!?　どういう異能？　乾燥させる力じゃないよね？」

「それなら乾物屋《かんぶつや》になって大儲けしています」

白雪の異能について簡単に説明すると、陽天は感心したように幾度も頷いた。その瞳に宿る興味深々な輝きと矢継ぎ早な質問に、白雪はまごついてしまう。こんなに興味を引くとは思っていなかった。

「なるほどねえ、本当に素晴らしいよ。今日の夜会に出てきてよかったな。白雪さんのすごい才能を知っちゃった」

「そこまですごくはないですよ？」

生活をちょっと便利にする程度の力で、四季神に褒められるとこそばゆい。

それからしばらく話していると、陽天が「雨月、遅いねえ」と顔を曇らせ始めた。

「弾正台との話が長引いてるのかな。そろそろ帰ってきた方がいいと思うんだけど」

「私、探してきましょうか」

「うん、頼むよ。たぶん、廊下の別室にいるから」

そんな言葉を交わして陽天に別れを告げ、白雪は大広間から廊下に出る。そうしてしばし廊下をうろついた後、途方に暮れて立ち止まった。

「別室ってどれかしら……」

想定外なことに、迎賓館の長い廊下の左右には無数の扉があった。全部を開けて見て回るわけにもいかない。他の誰かが使っていたら邪魔をしてしまう。

(陽天様にもう一回、きちんと場所を聞いてこようかしら……)

こんな子どもの使いみたいなこともできないなんて恥ずかしいが仕方がない。手近にあった柱に隠れてため息をついたとき。

「白雪さん、こちらにいらしたの」

低められた女の声に、白雪はハッと身構えた。

「あら夕姫さん。ご機嫌よう」

柱の影から出ると、夕姫が廊下の真ん中で待ち構えていた。大広間への進路を塞がれていて、白雪は内心顔をしかめる。もっと用心深くいればよかった。

夕姫は以前、帝都で遭遇したときと似た恰好だった。黄色の振袖に、髪には長いリボン。白雪はおや、と眉を上げる。せっかくの夜会なのだから派手に洒落込んでくるかと思ったら、存外落ち着いた風情だ。帝都の大通りでは華やかだった姿も、迎賓館では少しばかりおとなしく見える。

しかし夕姫は権高《けんだか》に胸を張り、クスクスと耳障りな笑い声をたてた。

「落ちこぼれ巫女の白雪さんがよくも夜会に顔を出せたものね。どれだけ厚顔なのかしら。従姉妹として恥ずかしく思うわ。ここは神と花巫女しかいられない場所よ？場違いな人は帰ったらどう？」

女学園時代から切れ味の変わらない嫌みに、白雪の息は苦しくなってくる。でも、と手を握りしめた。白雪は一人でこの場に来られたわけではない。

「私は確かに落ちこぼれです。でも雨月様が誘ってくださったのですから、帰りません」

白雪の反駁に、夕姫が不快げに鼻に皺を寄せる。けれどすぐに綺麗な笑顔を貼り付け、いかにも心配そうに眉尻を下げてみせた。

「まあ。あの龍神様はそう仰ったのね。でもそれって本心なのかしら。私が場違いと言ったのはね、あなたたちの間には距離があると思ったからよ」

「距離、だなんて……」

言葉を詰まらせる白雪に、夕姫は満足したようだった。ますます顔を嗜虐《しぎゃく》に歪め、白雪の方へ一歩近付いてくる。その頭の上で、長いリボンがぞろりと揺れた。

「だってそうでしょう？　白雪さんは、龍神様の花巫女には見えないの。あの龍神様に真に寄り添っているようには思えないわ」

ひゅ、と息を吸い込みかけた喉が凍りつく。やっぱり、と頭の隅から声が聞こえた。

夕姫から離れようとした足がたたらを踏む。

（私は、雨月様に寄り添っていない……だから、花巫女になれないの……？）

最初からわかっていた事実なのに、花巫女である夕姫に言われると胸を鋭く抉られる。夕姫を捉えていたはずの視線が、ゆっくりと床に落ちた。廊下に敷かれた絨毯の臙脂《えんじ》色が目に痛い。

夕姫がふふんと鼻を鳴らし、自慢げに語り始める。

「白雪さんは花巫女の意味を知っていて？　高い霊力で奉仕し、神に愛されるのが花巫女よ。そもそも白雪さんにはたいした霊力がないじゃない。花巫女の資格がないわ」

「花巫女の、資格……」

「そうよ。白雪さんみたいな最底辺の巫女を花巫女にするなんて、龍神様が可哀想だと思わない？　そう思わないのだとしたら、それは白雪さんが身勝手で自己中心的な考え方をしているからよ。客観的にあなたたちを見たら、とてもではないけれど対等ではないもの」

一つだけ聞き逃せない単語があって、白雪はとっさに反論していた。

「相手は神ですよ。対等になんて、なれるわけがない……」

「馬鹿ねえ、そんなこともわからないの？」

心底呆れ果てたように、夕姫は顔をしかめた。

「神を崇《あが》めるなんて凡人のすることよ。神に愛されて、神を愛するからこそ、花巫女は特別な唯一無二としてそばに侍ることを許されるの。おわかり？」

それは白雪には理解しづらい感覚だった。雨月は紛れもない神だ。それを崇めず、愛を乞おうなんて身の程知らずではないか。

押し黙る白雪の顔を、すぐ近くから夕姫が覗き込む。

「まあ、白雪さんが何を考えていようとどうでもいいけれど。少なくともあの神には、もっと優れた巫女が添うのがふさわしいわ。例えば、私みたいな、ね」

にたりと笑う夕姫の目には、不穏な揺らぎがあった。それは闇夜に漂う鬼火のようで、白雪の背筋にぞくりとしたものが走る。

「そんなことを言われても……夕姫さんは川の神の花巫女でしょう？」

「そうよ。でも、花巫女が二つの神に仕えてはならないという決まりはないわ。私くらい優秀だったら、そういう特別なことをできてもおかしくないでしょ？」

夕姫は驕慢に言い切り、白雪の手首をがっしりと掴んだ。

「だから龍神様を私に譲ってよ。あなたは龍神様の花巫女ではない。だから霊力も低いままなんでしょう？　互いに愛し愛されなければ、神と花巫女ではいられないもの」

「な、何を」

「白雪さんと違って、私は龍神様を心から愛することができるわ。だからきっと、私も龍神様に愛されるはずよ。私を花巫女にするように頼みなさいな。白雪さんより私の方がふさわしいんだから。だって私は高い霊力があって、美貌もあって、性格も良いもの！」

霊力にも美貌にも性格にも特に自信のない白雪は、夕姫の罵倒を黙って受け止めた。けれど、夕姫が雨月とともに過ごしたいというなら、確かめておかなくてはならないことがあった。

「あの、雨月様のお屋敷ってすごく山奥に建っています」

「急に何関係ないこと喋ってるのよ。私の命令に頷きなさいよ」

いきなり始まった打ち明け話に夕姫が不服げに眉を寄せる。だが白雪は意に介さず、ぽつりぽつりと語り続けた。

「移動結界はありますが、それは雨月様と一緒でないと使えません。だから好きなときに帝都でお買い物するのは難しいと思います。でも仕方がないことです。雨月様は〈神殺しの龍〉だから、堕ち神が寄ってくるかもしれないでしょう。だから自由な出入りが禁じられていて」

思えば白雪は不満を持ったことがない。たぶんそれは、雨月が気を配ってくれていたからだ。着物などの衣食住の話ではなく、家族との再会も絵の具も簪も、雨月は白雪の心をよく見た末に、必要なものを惜しみなく与えてくれた。

「それに使用人はいなくて、屋敷の結界が全部管理しています。便利は便利なのですが、あの屋敷は私を侮っていて、最近やっと認めてくれてきたくらいです。夜中に厠《かわや》に行くときに行灯《あんどん》をつけてくれるとか」

「はあ？　結界？　ふん、そんなものにまで馬鹿にされるなんて落ちこぼれの白雪さんらしいわね」

夕姫が理解不能というように顔を歪める。

白雪はもう一つ思い当たって、「そうそう」と指を立てた。

「大事なことを忘れていました。花巫女になるのであれば、雨月様とご飯を一緒に食べてください。できれば好物を用意して。たぶん川魚が好きなようです。あと味つけはあっさり目がよろしいかと」

白雪は、苛立ちをあらわにした従姉妹の顔を見据え、真剣に訊ねた。

「そういうの全て、やっていただけますか？」

「ふざけないでよッ！」

夕姫の金切り声が廊下に響く。夕姫は白雪の手首を力任せに捻り上げた。骨が軋んで鈍く痛み、つい呻きが漏れる。

「神は花巫女を愛するのよ！　私の望みは全部叶えてくれなきゃ嫌！　何もしなくたって、私だけを愛してよ!!」

白雪は痛みを堪え、大きく息を吐く。大広間で空想した雨月の隣に並ぶ、顔のない少女に夕姫を重ねてみた。

花巫女は神にとっての唯一無二。自分は雨月にとってそんな存在になれるだろうか、と問いかけてみてもまるで自信がない。白雪よりも強い霊力を持つ娘はたくさんいる。もっとふさわしい相手が現れたときには、いつだって身を引く覚悟だったのだ。

でも今、夕姫と話していて思ってしまった。

——雨月を大切に想ってくれない人間に、この立場は譲れない。

白雪の手には何もないけれど、この決心だけは確かに胸に宿っている。

キッと眦《まなじり》を決し、最後通牒《さいごつうちょう》を突きつけようとしたとき。

「その手を離せ、愚か者。それとも惨たらしく斬り落としてやろうか」

恐ろしく凄みを帯びた声が聞こえたと同時に、掴まれていた手が自由になった。何が、と思ううちにふわりと抱き上げられ、白雪は首をすくませる。がっしりとした腕が膝裏と背中を支えてくれているのは頼もしいが、足が宙に浮き、むやみに視点が高くなって怖い。

(な、何がっ?)

怖々と目を上げれば雨月に横抱きにされていて総身が凍った。彼の目にはよく磨き抜かれた白刃に似た剣呑な光が宿っており、急激に近づいた距離にときめく隙もない。

「まあ、龍神様！　私に会いに来てくださったの？」

廊下に投げ出された夕姫が、うっとりと頬を染める。その表情はあどけなく、まさに恋する乙女の有様だった。

けれど雨月はいささかも心動かされないようだった。夕姫に冷ややかな一瞥をくれると、白雪をしっかりと抱え直す。

「俺がお前のような女を愛するものか。俺の唯一は白雪だ」

「な……っ!?」

夕姫の顔に満ちていた陶酔が、脆《もろ》い土壁のごとくボロボロと剥がれていく。夕姫は取り繕うように歪んだ笑いを浮かべ、雨月に縋りつこうとした。

「ですがっ、私は霊力も高くて、美しいですわ！　そんな娘よりもお役に立ちます。どうか私を選んでくださいませ」

「神とて祈る者は選ぶ。お前の卑しさでは神前で祈ることすら許されない」

足元にしがみつこうとする夕姫から、雨月は冷酷に距離を取った。薄汚いものを見る目で、廊下に這いつくばった夕姫を見下ろす。

「お前の妄言には一つも同意できない。二度と俺たちの前に姿を見せるな」

「お待ちください、もしかして、前にお会いしたときのことを怒っていらっしゃるのですか？　あれは誤解です。もっとちゃんとお話しすれば、私が龍神様の花巫女にふさわしいとわかってもらえるはずですわ！」

「誤解なものか。俺は確かに怒りを覚えている。お前は自分が神から愛されないばかりに、一度ならず二度までも白雪を傷つけようとした罪人だ」

その断罪に引っかかるものを覚えて、雨月の腕の中、白雪はぱっと顔を上げた。

「夕姫さんは川の神の花巫女でしょう？　川の神から愛されているのではないですか？」

その瞬間、夕姫の顔が凍りついた。

かと思うと、そのまま癇癪《かんしゃく》を起こしたように拳で床を叩きながら、意味不明な言葉を喚き始める。

そんな夕姫には目もくれず雨月が話した内容によると、彼女を召し上げた川の神には夕姫の他に愛する娘がいるのだという。

その娘は霊力も持たぬ、祝部でもない平民で、けれど川の神は深く彼女を愛しているらしい。真実の愛、というやつかもしれない。いい話だ。

だがただの愛では荒ぶる神気を制御できないのも厳然たる事実。川の神はどうにかして堕ち神への転落を避けなくてはならない。

そこで選ばれたのが猪飼夕姫だった。

川の神は初対面の夕姫にあっさりと告げたという。――お前を愛するつもりはない。

花巫女は〈神鎮めの儀〉を行うための装置に過ぎない、と。

そうして言葉通り、川の神は愛する娘と睦まじく暮らし、夕姫の住む離れには月に一度、〈神鎮めの儀〉のために通うのみ。離れには使用人もいて衣食住に困ることはないが、豪奢な着物も愛も与えられず、日々を虚しく過ごしているとのこと。

「神々の間では有名な話だ。めったに見ない事例だからな」

雨月は特に同情するそぶりもなく淡々と説明するが、夕姫の現状に白雪は絶句してしまった。なんと答えればいいのかわからない。

考え込んで伏せた瞼に、亡き花巫女について語った陽天の顔が浮かぶ。

花巫女は神にとって代え難い存在だと言っていたが、例外もあるらしい。確かに花巫女の役目は〈神鎮めの儀〉を執り行うことであって、別に愛を約束されているわけではないのだ。勝手に人間側が愛されると信じ込んでいるだけで。

きっと多くの神にとって、花巫女は運命。しかし、それは本能で成り立つわけではなく、互いの心根とか、積み重ねた時間とか、努力によって持続するものなのだろう。

夕姫の境遇は、彼女と川の神の問題で、他の誰にもどうしようもないのだ。その事実を深く理解しているからこそ、夕姫は逃げるように白雪に成り代わろうとした。

夕姫の絶望を考えるとわずかに胸が痛むが、白雪にはもう、彼女に手を伸ばす気は少しもない。

口角から泡を飛ばして言葉にならない絶叫をあげていた夕姫が、ガバリとその場にひれ伏した。

「どうして私が愛されないのよ！　私は誰よりも優秀な巫女なんだから！　何もしなくたって、私こそが愛されるべきなのに！」

「お前が愛されるべき？　あまり笑わせるなよ。神に利用されているだけの立場のくせに、よくも白雪の代わりが務まると自惚《うぬぼ》れたものだな。俺が白雪以外を選ぶことなど天地がひっくり返ってもない」

無慈悲な雨月の宣告に、夕姫の叫び声が廊下にこだまする。

「嫌よ！　そんなのっておかしいじゃない！　お願い、お願い……誰か私を選んで、私だけを愛して!!」

喚き立てる夕姫にもはや雨月はまともに取り合うつもりもなさそうだった。歯を剥き出して騒ぐ夕姫を顎でしゃくると、廊下の隅で真っ青になっていた弾正台の面々に「これを片付けておけ」と短く命じる。

そうして、白雪を抱えたまま大股で廊下を歩み始めた。大広間とは逆方向だった。

「あ、あの……夜会はもうよろしいのですか？」

「もう充分に義理は果たした。帰る」

答えは素っ気ない。往路は夜会の主催側が用意した馬車に乗ったのだが、帰路は移動結界を使ってあれよあれよという間に屋敷に到着してしまった。

雨月が上がり框《かまち》を越えてすぐ、板張りの廊下に並ぶ行灯にぽつんぽつんと火が灯る。屋敷が意を汲んでいるのだろう。その真ん中を進んだ雨月が自室の前に立つと、襖がすらりと開いた。

脳内で状況の整理をする暇もあらばこそ、どさりと畳の上に横たえられ、白雪はきょとんと目を瞬かせた。

（……えっ？）

先ほどから予想だにしないことが起きすぎて、全く思考が回らない。とにかく寝転がっているのは失礼だと起き上がろうとしたとき、白雪の動きを封じるように雨月が覆い被さってきた。

（はいっ⁉）

ぼんやりした頭でもさすがにただならぬ事態が発生していると知れる。座敷の隅に置かれた行灯が、無表情にこちらを見下ろす雨月に淡い明かりを投げかけていた。

「え、えっと、雨月様……」

雨月は何も答えない。白雪の頭の横に両手をつき、息遣いさえ見逃さないとでもいうような鋭い眼光でじっと見つめ続けてきた。

室内には、引き絞られた弓のような張り詰めた静寂が満ちる。

けれど白雪にはどうしても気になることがあって、おずおずと口を開いた。

「雨月様はどうして、龍の混ざったお姿になっていらっしゃるのですか……？」

「――何？」

たった今気づいたというように、雨月が己の額に手をやる。そこにはツノが生え、首筋から左頬にかけては白銀の鱗が浮いていた。口の端からは鋭く尖《とが》った牙がちらりと覗く。瞳も濃い金色に染まっている。

眉間に深い皺を刻んだ雨月に、白雪は問いを重ねた。

「力の制御ができないほど、怒っていらっしゃいます、よね？」

そうとしか思えない。夕姫と対面してから雨月はずっと怒っている。彼女の物言いが相当不快だったのか――あるいは、白雪に何か問題があったのか。

「そうだな。俺は怒っている……のかもしれない。なあ、白雪」

雨月がわずかに身を屈め、白雪との距離を埋めた。鼻先の触れそうな近さに、白雪は思わず瞳を揺らす。「目をそらすな」と囁かれて、命令のままに金眼を見返した。

書斎で遭遇した雨月と同じ色だが、今の雨月は白雪のよく知る雨月だと確信を持てる。

「あの娘を俺の花巫女にするつもりだったのか」

「まさか、そんなわけがございません」

緊張を孕んだ部屋の空気に唾を飲み、白雪は震えそうな唇で必死に言葉を紡いだ。

「私はお断りするつもりでした。夕姫さんになんて譲れない。あのような、自分のことしか考えていないような人など……絶対に嫌、です。そう考えておりました」

「それなら、相手が猪飼夕姫でなければ構わないのか」

問う声は、森の奥に降り注ぐ糸雨のように静かだった。雨月の瞳に映る自分の顔が、やけに心細そうに見えて白雪はたじろぐ。こんな迷子の子どもみたいな表情を、他の誰かの前で晒したことがあっただろうか。

「例えば……白雪の友人の」

しばし雨月が言葉に詰まったので、助け舟を出す。

「綾さんですか」

「そうだ。彼女が譲れと言ったら、白雪は受け入れるのか」

その問いが胸の深いところに突き刺さって、白雪は息を詰めた。

綾の良さはよく知っている。花巫女としての霊力も充分だし、他人を気遣える思いやり深さもあるし、そういえば雨月とも気が合っているようだった。落ちこぼれの白雪よりもよほどふさわしい美点をいくつも備えている。

(……それなら、構わない、ということよね?)

そう答えようとして、夕姫から守ってくれた雨月の姿が蘇る。雨月はもう何度も白雪を助けてくれている。それが当たり前のように。自分の唯一は白雪だと嘯《うそぶ》いて。

ふいに、鳩尾の辺りにずしんと重たいものが投げ込まれたようだった。とっさに手のひらで押さえても、不快な感覚が消えてくれない。

もし雨月が綾を選んだとしても、白雪は屋敷で使用人として日々を過ごすことを許されるだろう。それはそれで楽しそうな毎日だ。今まで通り雨月を間近で拝謁して、大好きな友人も近くにいる。文句のつけようがない素晴らしい絵だ。

それなのに喉が塞がってしょうがない。何度か息を吸って吐く。

一番上手に滑り出る言葉を、必死に封じ込める。言ってはならないと白雪のどこかが叫んでいた。けれど雨月が解放してくれる気配は全くなく、全身を締めつけられるような沈黙に耐えられなくて、白雪はとうとう吐露してしまった。

「とても、おこがましいのですが。……嫌です。断ってしまうかもしれません」

自分の浅ましさがはっきりと形を取る。白雪ごときの思いで雨月を汚しているようで、鳩尾の不快感が増して吐きそうだった。

初めは雨月のそばで使用人の真似事をしているだけで満足していたのに、どんどん欲張りになっている。

自分だけが、雨月の一番近くにいたい、なんて。

(どうして、こんなふうに思うようになってしまったんだろう)

こんな強欲な女には雨月も失望するに決まっている。雨月を直視するのが怖くて、でも結果を確かめないのも恐ろしくて、白雪は逡巡《しゅんじゅん》の末にちらっと雨月を見上げた。

「……なるほど」

ずいぶん凪いだ口調だった。しかも信じられないことに、雨月のまとっていた怒気が薄れていく。

「雨月様は、ご不快ではありませんか」

「何が？」

「私はとんでもないわがままを言っています。このお屋敷から叩き出されても文句を言えない所業と覚悟しています」

「全くそんなことはない。むしろ嬉しいというか、ようやくここまで来たかと感慨深いが」

「えっ？」

不審に思って聞き返せば、至近で拝む雨月は目元を和らげている。その柔和さに息を呑んでいると、雨月が気遣わしげに呟いた。

「……あのとき、あの女に腕を掴まれていただろう。怪我はなかったか」

「あ、ああ……」

白雪は、畳に投げ出していた腕を持ち上げる。袖が肘まで下がり、白い肌にくっきり残った赤い手形があらわになった。とたん、雨月の顔つきが厳しくなる。

「痕が残っているじゃないか。あの女、よくも……！」

「大丈夫です、特に痛みはありません」

低く押し殺した雨月の声に、白雪はほのかに笑って答える。しょせんは非力な少女の力だ。本当に大したことはなかった。それよりも雨月を心配させてしまうことの方がずっと心臓を痛ませる。

「だとしても、あとで冷やしておいた方がいい」

雨月が身じろぎして白雪の上から退く。白雪がおずおずと半身を起こして向かい合うと、手形の残る腕をそうっと一撫でしてきた。万が一にも傷に障らぬように、ひどく遠慮がちに。

「見当違いに怒ってすまなかった。白雪があの女に全てを明け渡そうとするのではないかと勘違いして、頭に血が上ってしまった」

「そんな、私こそ雨月様にご心配をおかけしてしまい……」

雨月とて、夕姫が花巫女になるのは嫌なのだろうな、とうっすら思う。

雨月は乱れた白雪の髪に手を伸ばし、簪を抜き取った。はらりと結い髪が垂れ落ちて、胸元に黒い流れを作る。

「夜会は惜しかった。俺のために着飾ってくれた白雪をもっと見ていたかった。……可愛いよ、本当に」

「……ありがとうございます」

一瞬言い淀《よど》んでしまったのは、雨月からそう褒められたのが初めてだったからだ。

かつて呉服屋で同じように美しいという褒め言葉を頂戴したことがある。しかし今、あのときのように否定する猛烈な勢いは生まれなかった。

美しいとか綺麗とかただ造形を賛美されるよりも、可愛い、と目を細められる方が主観が多く入っていて、雨月の心の柔らかな部分に触れている——触れることを許されている、気がする。

物思いに沈む白雪の顔を、雨月が覗き込んだ。こちらの底意を見通すような眼差しが、ひたと据えられる。

「夜会で知らない男に声をかけられなかったか？　誰がいたとしても、白雪の特別は俺だけにしろよ」

そんなことはなかったし、わざわざ念を押されなくても初めからそのつもりだ。白雪の人生においてこれほど大きな影響を与えた存在は他にいない。

「最初から、私の特別は雨月様だけ、ですよ……？」

訝しく思いながら答えれば、雨月がすっと真顔になる。そのまま何も言わずに顔を近寄せられた。前髪が目元に被さって、金の瞳に影を落としていた。

白雪はどうしたらいいのかわからなくなって、ぎゅっと目を瞑る。かすかに肩が震えた。以前にも夜の書斎でこういうことがあった。だが今の雨月に白雪への害意はないはずだ。頬に触れる手のひらから伝わってくるのは、ただの熱。

今まで向けられた覚えのない、知らない温度だ。

行灯の覆いの中、蝋燭《ろうそく》が空気を食んで燃える音が、かすかに響く。

吐息が唇にかかるほどの距離は、いつまで経っても埋められることはなかった。

「……悪い。怯えさせた」

唐突な謝罪とともに雨月の気配が離れていって、白雪はおそるおそる瞼を上げた。

「え……」

雨月は白雪から手を離し、静かに目を伏せていた。行灯の火影が彼の額から伸びるツノや鱗を照らし、美しい顔に複雑な陰影を刻む。それがどうにも寂しげに映って、白雪は大きく息を吸って肩の震えを払いのけた。

「お、怯えてなどいません。大丈夫です。私は雨月様のお姿に怖じたのではなく……っ」

ではなんだというのだろう。答えを見つける前に、雨月が白雪の頭を胸に引き寄せた。二人分の鼓動が入り混じって鼓膜を震わせ、頭蓋まで揺るがす。

「そんなことはわかっている。白雪は十年かけてそれを証明してきたんだ。俺には伝わっているから、無理をするな」

「無理、など……」

苦心して雨月を見上げると、優しい手つきで頭を撫でられた。今しがたの熱は霧散して、けれどいつまで経っても雨月に宿る龍の力が退く様子はない。

「人間が神を煽《あお》るな。取り返しがつかなくなるぞ。俺は白雪の嫌がることをしたくない」

「は、はい」

嫌がることとは何を想定しているのだろう。ともかくも神妙に頷けば、今度の雨月はすんなり引き下がった。

その開いた距離がどうにも大きく感じられて、白雪はぱたりと瞬く。

まさか、という思いが背筋を貫いた。

（私、雨月様にもっと触れてほしいと願っているの……？）

雨月が白雪の髪に手を伸ばし、しなやかな指で幾筋かを梳《す》く。そして存外器用に、長い黒髪を簪一本でまとめてみせた。

最後に月長石の蝶に触れ、熱にかすれた声で呟く。

「……いつまでもここに留まっていてくれればいいと、心の底から祈っている」

それが蝶に向けた言葉なのか、はたまた白雪への願いなのか——区別はつかない。

あるいは同じことなのかもしれなかった。

第四章

白雪が雨月とともに再び帝都を訪れたのは、頼んでいた着物を仕立て終えたと呉服屋から連絡があったからだった。

「まあ、花巫女様は春物の着物もよくお似合いですわね～！」

「あ、ありがとうございます……」

前回同様に愛想よく出迎えてくれた女主人は、鴇《とき》色の訪問着をまとった白雪に賛辞を浴びせた。肩から裾にかけて咲き誇る桜の花びらが染め抜かれた着物に、金糸で宝《ほう》相華紋《そうげもん》の織り出された袋帯は華やかすぎないかと気が引けるが、姿見に映る白雪はあえかに頬を紅潮させて、可愛らしいと言えなくもない。

くるっと振り返り、白雪は後方で腕組みをしている雨月に意見を求めた。

「いかがでしょうか、雨月様」

「とても愛らしいな。それを着た白雪と花見でもしたい」

「……んんっ、お花見ですか、いいですね」

格子窓越しに見える外、曇天の下には未だに木枯らしが吹きすさび、通りを行き交う人々は寒そうに襟巻きに顎を埋めている。屋敷を思えば、庭に植えられた桜の木は葉を落として茶色っぽい枝を冬日に晒すばかりだ。

けれどその梢についた、固く閉じた蕾《つぼみ》が綻ぶ頃――白雪はどんな顔で雨月の隣にいるだろうか。

（それにしても……愛らしい、とは）

不自然に咳払いを繰り返し、雨月から顔をそらす。臆面もなく褒められると胸底がむずかゆくなる。店主に褒められるのとは明らかに違った。

そんなことを考えて油断していたからだろう。雨月が足音を忍ばせて近寄ってきて、白雪に囁きかけた。

「春になったら、庭一面に花が咲く。桜だけではない。確か梅や桃もあった。白雪の好みはどれだ。なければ植えさせる」

「急な植樹を!? そんな大がかりなことをなさらなくても、どの花も綺麗ですから……ええと、でも一つ選ぶとすれば桜でしょうか。実家の近くの川沿いに立派な桜並木があって、家族でよく花見に行っていたので思い出深いです」

母お手製の料理を重箱に詰めて、父や弟と並んで桜の下を歩いた。ひらひら舞う薄桃色の花弁を掴もうとはしゃぐ弟、楽しそうに笑い合う両親。川面を流れる花筏《はないかだ》の、揺らめく軌跡まで覚えている。

しかし「桜か。なるほど」とふんふんと頷く雨月には、桜花への思い入れなど微塵もなさそうだった。

「……雨月様は、どんなお花が好きですか？　庭にはそちらを揃えたいです」

雨月は軽く肩をすくめた。

「残念だが、俺は特に興味がない。庭とて今までは目もくれなかった。……だがそこに白雪がいるのなら、花が咲く意味もあるのだろう」

視線の先に春爛漫の庭があるかのように、目の色が優しくなる。そんな雨月を前にすると、つい白雪の口から約束がついて出た。

「来年の春にはお花見をしましょう。私、腕によりをかけてお料理を作ります」

「そうか、楽しみだな」

口元に微笑ましさを残したまま、目からはすっと笑みを消し、雨月は白雪の肩に手を置く。そうして耳元に低めた声を吹き込んできた。

「神との約定に違戻は許されない。覚悟しておけよ」

「わ、わかっています」

退けないように外堀を埋められている、と肝が冷えた。約束破りをするつもりは誓ってないが、古今東西、神との約束を破った人間にはろくな罰が与えられないもの。もし花見をしなければどんな目に遭うか考えるだに恐ろしい。

でも、ちっとも苦痛ではなかった。

白雪は笑い返し、しっかりと首肯する。

「私も楽しみにしています」

「……なら、いい」

出来上がったばかりの着物は屋敷に配達してもらうことにして、女主人の見送りとともに白雪たちは呉服屋を出た。

「白雪、はぐれないように手を出せ」

当然のように言って、雨月が白雪の手を取る。白雪も抵抗なく、その大きな手のひらに自分の手を滑り込ませた。今までだったら手を繋ぐなんて自分には過分な扱いだと一騒動起こしただろうが、今はただこうしたかった。

「白雪は他に用事などないか。筆や墨は？」

「今日はとりたててありません。もし雨月様にご用事があればお供します」

「俺もない」

「では帰りますか？」

車道から一段高くなった歩道を歩いていると、繋いだ手にぎゅっと力が込められる。何事かと目を上げれば、髪の間から覗く雨月の耳の先がかすかに赤くなっていた。

「もう少し……白雪と過ごしていたいんだが。そう思わないか」

空には灰色の雲が広がり、真昼だというのに薄暗かった。冷たい風が容赦なく吹きつける中、手のひらには温かみが伝わってくる。

冷静な思考を置き去りにして、白雪の口から返事が放たれた。

「思います！　え、ええと、あ、お腹が空きました。洋食処などどうでしょうか」

「さっきまでは、そんなことちっとも考えていなかっただろう」

雨月がこちらを見てくしゃっと笑う。その笑顔に、ぎゅっと心臓を鷲《わし》掴みにされたような痛みが走って白雪はさっとうつむいた。

（……ああ、まただわ）

苦しくなる胸をなだめるように深く息を吸う。ここ最近、雨月のふとした表情でこんな不調に見舞われる。規則性は見出せない。だから白雪は暗闇の中で、細い細い糸を辿って進んでいるような心地に襲われている。

杯に水が満ちて、それが縁ギリギリまでせり上がって、あと一滴で決壊してしまいそうな——そんな感覚。

思考の海から引き上げるように、雨月がぐいと白雪の手を引いたとき。

車道を挟んだ歩道の反対側から甲高い悲鳴が聞こえてきた。

雨月が真っ先に白雪を背に追いやる。半狂乱になった人々が、何かから逃げ出すように車道に飛び込んで、こちらの歩道に駆けてきた。急停止する馬車の、軋む車輪の音。耳をつんざく怒号と悲鳴。

われがちに逃げ惑う群衆の隙間から覗いた黒い影に、白雪はぎょっと息を呑む。

「堕ち神だな」

冷静に口にしたのは雨月。習い性のように腰に手をやりかけて、今日は帯刀していなかったと舌打ちする。

「仕方がない。神気を直接使うとするか」

低く呟く間にも雨月の双眸が金に染まっていく。呆然とする白雪を振り向き、「心配せずとも大丈夫だ」と頭を撫でた。

「お守りは持っているな」

「肌身離さず持っています」

かろうじて懐に手をやり、お守りの感触を確かめる。着物越しでも逆鱗の存在を感じられ、だんだんと落ち着きが戻ってきた。

「いい子だ。すぐに祓ってくるから、ここで待っていろ」

そう言い置いて、雨月は堕ち神の方へ駆け出す。白雪は心配でいっぱいになって、車道の向こうに目を凝らした。

此度の堕ち神は二足歩行の人型だった。だが異形である証拠に、鋭い嘴《くちばし》の目立つ鷲頭を首の上に乗せており、背中には巨大な翼を生やしている。堕ち神はぐるりと頭を巡らせ、奇怪な鳴き声をあげると、ばさりと翼を広げて飛び上がった。

（――えっ？）

さらなる悲鳴が辺りに巻き起こる。頭上を仰げば、堕ち神は二階建ての建物の屋根よりも高く飛んでいた。灰色にくすんだ空を背景に、奇異な影がけざやかに際立つ。

それは獲物を探すように旋回し、黄色の嘴を開いて再度鳴いた。

濁った血みたいな色をした瞳と、間違いなく目が合った。

人々が白雪の周囲から逃げていく。堕ち神が、一直線に白雪目がけて降りてくる。

(あの堕ち神は私を狙っている――？)

耳が役目を放棄してしまったように、世界から音が消え失せた。四囲を押し包むはずの叫喚も、自分の口から迸《ほとばし》ったかもしれない悲鳴も聞き取れない。

白雪はただ両目を見開いて、堕ち神の鋭い嘴と赤い瞳だけを凝視していた。

走馬灯など、回る暇もない。

もうすぐそこに堕ち神が迫り、白雪を屠ろうとする。白雪は道端に一人立ち尽くし、ほんの一秒後の運命を悟って、せめてもの逃避に目を閉じかける。

「白雪！」

けれどその声だけは、白雪に届いた。

白雪と堕ち神の間に、黒い影が立ち塞がる。白雪は強く後ろに突き飛ばされ、路面に思い切り尻をつく。骨に響く衝撃で我に返り、眼前の光景に叫び声をあげた。

「雨月様――！」

堕ち神の嘴が深々と雨月の肩に食い込んでいた。雨月が一歩下がり、堕ち神から間合いを取る。

嘴が体から抜けた拍子に返り血が飛び散って、路上に点々と痕を残した。その赤の鮮やかさが否応なく白雪の眼に焼きつく。

（ああ――）

しかし雨月は呻き声一つあげず、堕ち神を睨みつけたまま右手を一振りしてみせた。とたん、堕ち神の下から青白い光を帯びた水の柱が噴き上がり、化鳥めいた苦悶の声が響き渡った。柱の中に閉じ込められた堕ち神はみるみるうちに塵と化し、水柱は龍の形を取って空に舞い上がる。

避難しようとしていた人々が足を止め、ぽっかりと口を開けて龍を見上げていた。ある者は畏《おそ》れるように口元を覆い、ある者は祈りを捧げるように手を合わせ。

悠々と宙を泳いでいた水の龍はやがてほどけ、驟雨《しゅうう》のように水飛沫を振り撒き、あとには濡れた地面だけが残った。

静まり返っていた大通りにざわめきが戻ってくる。白雪は弾かれたように立ち上がり、雨月の元に駆け寄った。

「雨月様！　お怪我は大丈夫ですか！」

「慌てるな。こんなものはかすり傷にもならない」

声音は落ち着いているものの、雨月は息を荒らげて片膝をついている。ドクドクと血が流れ出る傷口を手で押さえていた。白雪もせめて止血になればと、その上から手を重ねる。あっという間に両手が血に染まった。

「よせ白雪。お前が汚れるだろう」

雨月が眉をひそめる。まるでそれこそが今一番重大な問題だとでもいうように。

でもそんなこと白雪にはどうでもよかった。雨月の怪我が最も大きな心配事だった。手のひらに伝わる、ぬるい温度が胸を貫く。同じだと思った。白雪の中にも、同じものが流れている。

小刻みに震え始めた白雪を慰めるように、雨月が薄く笑った。

「さっきは突き飛ばして悪かったな。白雪に怪我はないか？」

白雪を気遣う雨月の顔は、いつもよりも青ざめている。黒い着物だからわかりにくいが、生地はぐっしょり濡れそぼっていた。相当な出血量だろう。早く手当てしなければ、手遅れになってしまうかもしれない。

白雪は泣きそうになるのを堪えながら、小さく首を振った。

「あ、ありません……雨月様が、守ってくださったから……っ」

「よかった。白雪には怪我がなく、堕ち神も討伐できた。不意打ちを受けたにしては充分な戦果だな」

雨月が軽く息をつく。堕ち神と言われ、痺れたような頭が懐にあるものを思い出させる。堕ち神に襲われないというお守りを、白雪は持っていた。「どうして」とひび割れた声が唇をわななかせた。

「何が？」

「わ、私にはお守りがありました……！　だからきっと一人でも大丈夫で……雨月様が身を挺《てい》して庇う必要なんてなかったのに……」

「堕ち神に狙われた帝都の人間を、より確実に守れる方を選んだだけだ。それが白雪だというならなおさら、理屈など吹き飛んでしまう。愚かだと笑っていい」

全然笑えなかった。つまりそれは、白雪こそが雨月を危険に突き落とすということなのだ。

空木津国で最強の龍神をこんなふうに傷つけられるのは、たぶん、白雪だけ。

けれど白雪はそんなことを望んではいなかった。雨月には両手いっぱいの幸せを、花びらのように降り注いであげたかった。

(このまま止血を続けてもどうにもならないわ。早く助けを呼ばないと)

そう途方に暮れて周囲を見渡したとき、人垣の間から耳慣れた声があがった。

「雨月、白雪さん！」

「陽天様!?」

声の主を確かめて白雪はドッと胸を撫で下ろす。焦ったような顔をした陽天が人垣を掻き分け、足早にやって来るところだった。

「大丈夫かい白雪さん。状況は？」

「全く問題ない。堕ち神は討伐し、俺は軽傷だ。後処理は弾正台の仕事だが、そのうちに通報が入って到着するだろう。あまり騒ぎ立てるな」

白雪の代わりに雨月が早口に答える。かたわらにしゃがんだ陽天が雨月の傷口を確認し、しょうがないなあとでもいうように眉を下げた。

「了解。まあ実際、堕ち神討伐の任を担う雨月は、大衆に弱ったところを見せない方がいいからね。〈神殺しの龍〉にはいつも強大な存在でいてもらわないと」

「務めは遺漏なく果たす。それより陽天はどうしてここに来たんだ」

「たまの休日に出かけたら騒ぎが聞こえてね。堕ち神がこんな街中に出るなんて」

「しかも昼日中にな。どうにも様子がおかしい」

眉をひそめ、憂うように陽天と雨月が言葉を交わす。けれど白雪の耳には半分も入らなかった。

雨月の肩口からあふれた血が石畳を汚していく。白雪はきつく傷口を押さえながら、その甲斐もなく赤い染みが広がっていくのを凝視していた。

うつむいて震える白雪に気づいたのか、陽天が「さて」と手を叩く。

「白雪さん、いったん雨月を屋敷に運ぶよ。あそこなら安全だ」

「かすり傷だ。一晩寝れば治る」

「素直にありがとうって言いなよ。……好きな女の子に心配かけたくないのはわかるけどさ」

後半は雨月にだけ耳打ちされ、白雪には聞き取れなかった。だが雨月は眉間に皺を刻み、ムッと陽天を見つめ返す。

「感謝する」

「よろしい。じゃあ行くよ」

自力で立ち上がる雨月に、陽天が肩を貸す。白雪にはできない。身長が足りない。

頭が真っ白なまま屋敷に帰り、陽天にあれこれ指示されるがままに手当てを手伝い――気づけば夜になっていた。

（……いつの間に）

白雪は、布団に臥《ふ》せる雨月の枕元に正座していた。無意識のうちにか陽天の指示によるものか判然としないが、血で汚れた着物を脱いで、清潔な夜着に着替えていた。

浅い呼吸を繰り返せば、植物っぽい匂いが鼻をつく。見ると白雪の横に、軟膏の入った小さな器が置かれていた。数時間おきに薬を塗って包帯を交換するように、と陽天が言い残したのを思い出す。

障子窓から差す月光が、目を閉じた雨月の顔を照らし出している。長いまつ毛が血の気の失せた頬に影を落とす。顔にはおよそ表情というものが浮かんでおらず、整った造作も相まって、精巧な人形めいて映った。

(私……私、なんにもわかっていなかった)

白雪は膝の上に置いた手を強く握りしめる。手のひらに爪が食い込んで痛もうが構わなかった。恐ろしいほどに鈍感だった自分への罰には到底足りない。

白雪はずっと、ずっと、ずっと、雨月を神様だと思って生きてきた。

天高く輝ける星。瑕《きず》一つない完璧な球体。

でも、違った。——違ったのだ。

確かにあの輝きが偽りだったとは思わない。それを追いかけ続けた白雪の熱意が間違いだったとは断じられたくない。雨月によって救われた人が他にいてもおかしくないし、そういう人が雨月に抱く好意は誰にも否定できないはずだ。

白雪だって、雨月から離れていればそれだけでよかった。討伐の報道を追いかけて、新聞記事を切り抜いて、遠くから無邪気に憧れているだけで。

(でも、私は願ってしまった。自分が一番近くに雨月様のおそばにいたいと。このお役目を他の誰かに譲りたくないと)

その願いを叶えるなら、白雪は雨月を神様と思っていてはいけなかった。雨月を崇めているだけの人間では、そばにいる資格など得られない。憧憬に我欲が一雫でも混ざった時点で感情は別のものに変化するのだと、白雪は愚かにも気づけなかった。

たぶん、楽しかったのだ。この屋敷で過ごす日々が。自分の気持ちさえ見えないくらいに。

そういうふうに雨月が箱庭を整えてくれていた。今ならわかる。雨月だって、このぬるま湯のような日々を少しは楽しんでいたと思う。……いや、思い返せば相当に楽しんでいた。

けれど幼年期はいずれ終わる。

白雪はもう、雨月自身にきちんと向き合わなくてはならなかった。

ちょっと子供っぽくて、歩調を合わせて歩いてくれて、そして——傷つけば血も流す、白雪の大切な存在に。

そうでなければ、白雪は遠くない未来で彼に破滅をもたらすから。

目の奥に熱いものが込み上げてきて、白雪はぐっと唇を噛みしめる。それでも滲む涙を堪えられなくて、袖口で目元を拭った。嗚咽が唇からわずかに漏れる。

しんと静まり返った座敷の空気を、白雪のすすり泣きが震わせた。雨月を失うかもしれなかった恐怖と、身を挺して守られた申し訳なさで身が引き裂かれそうになる。

今さらながら、己の愚かな振る舞いの一つ一つが白雪を責め立てた。お前など雨月にふさわしくないと誰かに糾弾してもらえれば、どれほど気が楽になっただろう。だがそんな願いは逃避で甘えだ。雨月から直接そう断じられない限り、白雪は彼と向き合うのだ。

もう一度手のひらで目元を拭いたとき、かすれた囁き声が白雪の耳に触れた。

「……白雪？　泣いているのか」

雨月が重たげに瞼を開き、白雪を見つめていた。澄んだ月影がその瞳を柔らかく照り映えさせ、雨月は何度か瞬きを繰り返す。

「雨月様……っ」

白雪は呼吸をするのも忘れて身を乗り出し、矢継ぎ早に訊ねた。

「お目覚めですか。具合はいかがですか？　どこか痛むところは？」

「落ち着け、本当に大した傷ではない」

雨月が腕を持ち上げ、涙に濡れた白雪の頬に触れる。その手つきがあまりに優しくて、また白雪の目に涙があふれた。

登能白雪は、こんなふうに扱われていい人間ではないのに。

雨月を傷つけてばかりの、どうしようもない人間なのに。

どうにも嗚咽が喉を詰まらせて、声が上手く出ない。雨月は心底困じ果てたように眉を寄せ、おもむろに身を起こした。

「あまり泣くな。堕ち神が怖かったか？」

迷子をなだめるような声音で言いながら、静かに白雪を抱き寄せる。薬の匂いに混ざって、雨月自身の香りが強くなった。春の雨の匂い。芽吹きを待つ生命とそれを包む優しい雨の匂い。

白雪の好きな匂い。

幾度もしゃくり上げて、白雪は首を振る。

「堕ち神は、怖くなくって……っ、私は、雨月様に、何かあったらと思うと、それだけが……！」

「大丈夫だ。白雪なら知っているだろう。俺は強い。……これでは安心できないか？」

雨月はゆっくりと白雪の頭を撫で続ける。白雪はその手につむじを押しつけるようにして、いやいやと首を振った。

「違う、違います。すごく、わがままを言っているのはわかっています。でも、私は、雨月様を失いたくない。誰よりも一番近くにいたいと……気づいてしまったのです」

考えは千々に乱れてまとまらない。けれど自分が何を口走っているのかは頭の片隅できちんと理解していた。

これは今まで後生大事に抱えていた、憧憬とは明らかに違う。

もっと苦しくて、もっと切なくて、でも幸福な想い。

「自分が何を言っているか、正しく認識できているか？」

雨月が白雪の頬に片手を滑らせ、指先で涙を拭う。離れていくその手を、白雪は強く両手で握りしめていた。雨月の指がぴくりと跳ねる。

「ただの同情なら、これ以上はやめておけ。俺はいずれ――」

抑えた声で何か言いかけるのを、白雪は手に力を込めて遮った。これは同情なんかではない。白雪は雨月の手を額に押し当て、祈るように呟いた。

「ごめん、なさい……っ、私は今まで、雨月様を神様だと思っていました。だから雨月様とちゃんと向き合わないで、自分勝手な、ひどい願いばかり持っていました……」

白雪から雨月の顔は見えない。けれどその息がわずかに詰められたのが気配でわかった。

「白雪が謝ることはない。実際に俺は龍神だからな。だが……」

雨月が身じろぎしたのか、ささやかな衣ずれの音が響く。肩を抱く雨月の腕にぐっと力が込められた。

「それなら、今の白雪の願いはなんだ？」

互いに白刃を突きつけ合っているのかと思うほど真剣な声だった。白雪は掴んでいた手を離し、こちらを真顔で凝視する雨月と目を合わせる。

「私は雨月様の、本当の花巫女になりたいです。それが今の私の願いです」

どうしたら本当の花巫女になんてなれるのかわからない。今もって白雪には自信がない。なんの取り柄もない自分が雨月の花巫女になるなんて、分不相応な望みを抱いているとはわかっている。

それでも、その答えを探すことから逃げたくはなかった。

雨月の口元がかすかに綻んだ。

「白雪がそう言ってくれるのを……ずっと待っていた」

言い終えると同時に、雨月が白雪を強く抱きしめる。夜着越しに伝わってくる温もりにますます泣けてきて、白雪はぽろぽろ涙をこぼした。

「あまり泣かないでくれ。俺は本当に、白雪に泣かれると困るんだ。どうしたら泣き止んでくれる？」

「では……あと少しだけ、こうさせてください。そうしたら涙も収まります」

「わかった。朝が来るまででも構わない」

迷いのない了承に、白雪はくすくすと肩を震わせた。

「怪我人がご冗談を仰るものではないですよ。私が本気にしたらどうするのです」

「冗談にするか？　俺はどちらでもいい」

揶揄うような吐息が耳朶に触れて、白雪は全くもう、と濡れた瞼を閉ざす。そうしながらも、心臓を焦がしてしまいそうな熱がじりじりと忍び寄ってくるのを感じていた。

（ああ、私はこの方に恋しているのだわ）

それは人生で初めて覚える感情なのに、雪解け水が行く先を決して間違えないように、すんなり胸に流れ込んできた。

翌朝、白雪は厨に立って朝餉の準備をしていた。怪我人でも食べやすいであろう卵とじうどんだ。出汁を張った土鍋から白い湯気がもくもくと立っている。

雨月はまだ座敷で眠っている。白雪はほとんど眠らずに朝を迎えていたが、ちっとも疲れはなかった。

(あとはうどんを茹《ゆ》でて、卵とじを作って……昨夜のことは、夢ではない、わよね)

調理の手順を整理しながらも、思考はどんどん別の方向に逸れていく。つい数時間前のことを思い出せば、ぼんっと顔が赤くなった。

(どうして平然としていられたの!? あんなふうに、だ、抱きしめられて……っ)

調理台に手をつき、ずるずるとしゃがみ込む。雨月の腕の中で呑気にしていられた自分が信じられない。今同じことをされたら絶対にもっと挙動不審になる。

(雨月様を好きになってしまったなんて……ど、どうしよう……)

どうしようではない。恥じることはないのだから普段通り過ごせばいい。……なんて泰然と構えていられるほど、白雪は恋に慣れてはいない。

のろのろと膝を抱えてため息をついたとき、厨によく響く声が通った。

「白雪、おはよう」

「おっ、おはようございますっ!?」

白雪はぴょんと跳ね立ち、勢いよく入り口を振り返る。腕を組んだ雨月が、壁にもたれるようにして立っていた。

「も、もう歩いていいのですか?」

「龍神の治癒力は人間のそれよりもずっと高いからな」

確かに明け方、巻き直した包帯の下ではだいぶ傷が塞がっていた。とはいえ、あらためてとんでもない力だ。人間とは全く違う。

(……でも、同じように痛みを感じるのだものね)

とにもかくにも無事で本当によかった。白雪は胸を撫で下ろし、それから自分に注がれる視線に気づく。

とたん、白雪の動きがぎくしゃくし始めた。

「あの、えっと、す、すぐに朝餉を作りますね」

「……白雪?」

「雨月様はお座敷で待っていてください」

「ここにいて白雪を眺めていてはいけないか?」

「だ、だめです」

「料理を手伝うとしても？　刃物の扱い方には自信がある」

「以前に堕ち神以外は斬れないと仰っていませんでしたか？　……そうでなくても、だめです。私が落ち着かないので」

「……へえ、なるほど」

雨月は意味ありげに眉を上げると、案外素直に引き下がった。雨月の視線から解放され、白雪は額に浮かんだ汗を拭う。冬にもかかわらずやけに暑いのは、土鍋が火にかかっているからだけではあるまい。

手早くうどんを作り上げた白雪は、土鍋をお盆にのせてわたわたと座敷へ向かった。座敷には長卓が置かれ、その向こうの窓辺で、雨月が肘をついて冬枯れの庭を眺めていた。

「すみません、お待たせしてしまいましたか」

「いや、来年の花見のことを考えていた。桜はあの辺りに植えられていたな、と」

「は、花見」

昨日交わしたばかりの約束を思い出し、白雪はぎこちなく頷く。もちろん反故《ほご》にするつもりは毛頭ない、けれども。

（ど、どういう顔して花見に臨めばいいの!?）

もはや昨日のように無邪気に楽しみにはできない。雨月が近くにいて花を見ている場合ではないだろうと思う。

「よもや忘れてはいないな?」

「もちろん覚えています」

覚えているから困っているのだ。また熱くなってきた顔を伏せてせっせと箸を並べていた白雪は、雨月から楽しげな目線を送られるのには気づかなかった。

長卓を挟んで座り、きちんと手を合わせてから朝餉は始まる。うどんを一口啜《すす》り、雨月がほっと息を吐いた。

「相変わらず、白雪の料理は美味いな。俺の好みの味つけだ」

「……は、はい、ありがとうございます……」

白雪は奥歯にものが挟まったようにもごもご答える。雨月とはもう目も合わせられなかった。今まで自分がどのように会話していたのか思い出せない。もう少しはきはきと答えられていたような気がするのだが。

「今日の白雪はずいぶん無口だな」

「いつもと変わりありません、よ……?」

そんなふうに言葉少なに朝餉を終え、白雪は素早く食器を下げた。

「で、ではっ、私は後片付けがありますので、失礼しますっ」

雨月の顔も見られずに足早に座敷を立ち去る。無礼な自覚はあったが、落ち着くための時間が欲しかった。そうすれば、きっと元通りになれる。

けれど、雨月にその猶予を与えるつもりはないようだった。

「さて、白雪。話をするか」

食器を洗い終えてすぐ、厨を出たところで雨月に捕まって、白雪は「ひぃっ」と引き息の悲鳴をあげた。

「そんな夜道で堕ち神に遭ったみたいな声をあげなくてもいいだろう」

「堕ち神に遭ったら悲鳴をあげている場合ではありませんよ」

そして突っ込みを入れている場合でもない。白雪は、左右に延びる廊下に視線を走らせる。雨月は中庭に続く方の廊下に立っていた。その反対側の廊下を進んでも突き当たりにぶつかるから、どうせ逃げられないと踏んでいるのだろう。

だがその見込みは甘い。「ちょっと用事が！」と叫んで白雪は機敏に踵《きびす》を返し、厨に逆戻りする。裏をかいたつもりだった。厨には裏庭に続く潜り戸があって、そこから逃げようと思ったのだ。

「用事なんてないだろう。そんな見え透いた言い訳を許すと思うか？」

「で、ですよね」

背を向けた瞬間には腕を掴まれている。抵抗する余地もなく、気づけば白雪は廊下の壁に押しつけられていた。

おそるおそる目線を上げれば、雨月が真剣な表情で白雪を見下ろしている。逃がすまいとするためか、雨月は白雪の片腕を捕らえたうえで、もう片方の肘を壁につく。ものすごく圧迫感がある、というよりも。

(ち、近い。近すぎる……っ)

白雪の顔面にじわりじわりと熱が集まり始める。だが雨月は気づかぬ様子で、実直に訊ねてきた。

「今朝から様子がおかしいぞ。何かあったのか」

「あ、あ、あの……そんなことはありません、ので、大丈夫です、よ……」

白雪はどもりながら、必死に首を横に振る。顔が熱くて仕方がない。熟れた林檎《りんご》みたいに真っ赤になっているだろう。

雨月は一つも悪くなくて、ひたすらに混乱している白雪の問題なのだ。嘘ではないと伝えるためにその目を見つめ続けると、雨月が口を閉ざし、わずかに瞠目した。

「ずいぶん顔が赤いな?」

「そう、かもしれません……」

「……まさか照れているのか? あの白雪が?」

戸惑うように言いながらも、唇には揶揄いの笑みが浮かぶ。しまった、と後悔してももう遅い。雨月はさらに顔を近づけてきた。

「突然おとなしくなってどうした？　本当に可愛いな」

「そういうのは……そういうのは困ります……！」

「悪いが聞いてやれないな。白雪は本当の花巫女になってくれるんだろう？」

意地悪げに口の端を吊り上げ、雨月は容赦なく迫ってくる。この先何をされるのか予感して、白雪はたまらず目を閉じた。

瞼の作った暗闇の中で、雨月のまとう浴衣が擦れる音が聞こえる。微笑と熱情のあわいのような吐息が唇にかかる。ぷるぷる震えて待つ白雪の額に、こつん、と額の当たる感覚がした。

「……え？」

「花巫女なら〈神鎮めの儀〉をするのは当たり前だろう。それとも他に何か期待したか？」

雨月の声色にはこちらの心を見透かしたような含みがある。己の勘違いを悟り、白雪の返事がひっくり返った。

「なっ……なんのことだか、わかりませんっ」

そうだ、白雪は花巫女になりたいと決めたのだ。ならば〈神鎮めの儀〉にだって全面的に協力すべきである。それ以外に不埒《ふらち》なことを考えてなどいない、決して。

「ふうん、そうか」

雨月がくつくつと低い笑い声を立てるたびに、額にその震えが伝わってくる。白雪はつとめて深呼吸を繰り返し、落ち着きを取り戻そうとした。鼓動が耳元で轟《とどろ》いて、庭の方から聞こえてくる鳥の声も風が梢を揺らす音も、全てがかき消されてしまう。

触れ合わせた額からは、相変わらず霊力が流れ出ていた。それにもだいぶ慣れてきたためか、なんだか今日は、甘い微睡みに身を委ねているような心地すらある。

「……大丈夫か？」

「ん、はい……」

しばらくして額が離され、くったりとした白雪の体を雨月が支えてくれる。その胸にもたれかかるようにしながら、白雪はハッと瞬きした。

「す、すみません。お怪我に障りますよね」

「いや、大丈夫だ。見てみろ」

雨月が浴衣のあわせをはだけさせ、傷口をあらわにする。白雪は一瞬慌てかけたが、すぐ真面目な顔になった。そこにはもうすっかり治った綺麗な肌があった。

「やっぱり雨月様はお強いので、怪我の治りも早いのですね？」

「俺とてここまで早く完治するとは思わなかった。ふむ……」

何事か思案し始めた雨月の襟元を直そうと、白雪はこっそり手を伸ばす。他意はないが、落ち着かない。

その手首を、雨月が掴んだ。

「わっ、私は何もおかしなことをしようとしていませんよ。無実です！」

「そうではない。白雪は霊力に何か変化を感じないか？」

「えっ……？　特にありませんが……？」

悲しいことに、今のところいつもの乏しい霊力っぷりである。雨月は「そうか」と呟き、白雪をまじまじと観察してから手を離した。それから、白々しいほど不思議そうに訊ねてくる。

「ところで、『おかしなこと』とはなんだ？」

「話題が戻ってくるのですか!?」

慌てふためく白雪に、雨月が楽しそうな笑い声をあげた。

陽天が不穏な知らせを携えてやって来たのは、その数日後。朝から雪の降った日のことだった。

雪に白く覆われた庭を窓から臨む応接間で、陽天は深刻そうに告げた。

「今、若い女性の連続失踪事件が帝都を賑わせていることは知っているかい」

「知っている。弾正台も調査しているようだが、進捗《しんちょく》は捗々《はかばか》しくないらしいな」

テーブルを挟み、陽天の正面に座った雨月が応じる。その隣に席を占めた白雪も同意した。新聞記事で幾度か見た。

　なんでも、一人歩きの若い娘が次々と姿を消しているとか。現場にはなんの痕跡も残っておらず、未だ遺体さえ見つかっていないという。

「堕ち神に襲われたのではないかと俺にも相談が来たが、あまり関係なさそうだった。もしも堕ち神が関わっていれば瘴気が残るはずだが、その気配もない」

「弾正台では人買いの仕業ではないかと疑っているらしいね。残念ながら、僕たち神々の守りの手も、人間の悪心にまでは及ばないから」

　神々に守られし空木津国といえど、悲しいことにこういう事件はときどき起こる。

　陽天がテーブルに置かれたカップに、ボトボトと角砂糖を入れた。

「昨日の晩も失踪があった。これで十人目だ。ただ、今回は目撃者がいてね」

　陽天が語るには、失踪したのは今までと同じく十代の少女。今日の朝、娘が寝床にいないことに家族が気づき、失踪が判明したという。

「今日の朝？　やけに早いな。別の理由で姿を消した可能性もあるんじゃないか？」

「だから、目撃者の証言でわかったんだよ」

　目撃者というのがその娘の恋人だという。昨晩、二人は帝都の外れの広場で逢引きしていた。ところが些細なことで喧嘩《けんか》してしまい、男は女をその場に置いて帰った。

　しかし深夜のことだ。夜道を歩いて冷静になった男は、女を一人にしてしまったことを後悔し、すぐに広場へ戻った。

「時すでに遅しで、広場にはすでにひと気がなかった。ただ、娘の草履が片方落ちていたんだって。男は慌てて草履を抱えて、自分の家に走った。すぐに弾正台へ知らせなかったのは、娘に何かあったとして、皆から責められるのが怖かったのだと。自分の見間違いかもしれないと言い聞かせて、夜が明けるまで布団をかぶって震えていたらしい。娘の家族が騒ぎ出して、実は昨夜こんなことがって打ち明けたんだよ」

「見下げた輩だな。すぐに知らせれば救えたかもしれないものを」

雨月が腕組みし、吐き捨てるように言う。陽天も大きく頷いた。

「僕もそう思うよ。ただ、その男は広場の近くで、とある人物とすれ違ったんだって」

「誰と」

「君と」

陽天の人差し指が、まっすぐに雨月を指す。これには雨月も愕然として眉を開いた。

「俺？」

「そうだ。その男によれば、広場を出てすぐ、通りを歩く君と行き合ったと。新聞記事で見る通りの黒い着物を着ていたからすぐにわかったって。最初は堕ち神討伐のためかと気にしていなかった。だけど君が帯刀していないことを不審に思った男が振り返ると、君は広場に入っていったということだ。――雨月、昨日の晩はどこで何をしていたんだい？」

応接間が静まり返る。白雪は勢いよく雨月の方を向いた。まさか、彼が失踪事件に関わっているわけがない。

雨月は鋭く目を細め、視線をテーブルに落としていた。たぶん、その裏側では目まぐるしく思考を働かせているのだろう。

「昨晩、堕ち神の討伐はなかった。この屋敷で寝ていたが、それを証明できる者はいない」

雨月の答えに、陽天が身を乗り出す。

「本当に一人もいないのかい？　白雪さんは？」

「雨月様が堕ち神の討伐はないと仰っていたのは覚えています。ただ、こっそり屋敷を抜け出すことは可能です。雨月様の寝室は私の部屋から離れておりますから。玄関を出入りする音があれば私が起きたかもしれませんが、気配を殺すなんて雨月様はお手のものでしょうし」

「……えっ？」

動揺を押し込めできるだけ率直に述べたのに、陽天の反応は捗々しくなかった。雨月と白雪を交互に見比べ、素っ頓狂な声をあげる。

「待って。君たち一緒に寝てないの!?」

「なっ!?」

声を裏返らせたのは白雪で、雨月は深いため息とともに眉間に皺を刻んだ。

「僕としては白雪さんが雨月の不在証明をして、暗闇の中で見間違えたんだねー、で終わらせるつもりだったんだけど!? えっ、寝室別なの!?」

「な、なんてことを仰るのです!? そんな……そんなこと、無理です。絶対に!」

真っ赤になった白雪の反論は、生ぬるい陽天の眼差しによって受け流された。

「雨月、君はなんていうやつだよ……」

「その同情するような目を今すぐにやめろ」

雨月が苛立たしげに陽天を睨みつける。陽天はすぐににっこりと笑った。

「いいや、なんでも。君がどれほど白雪さんを大切にしているかよく理解できた。正直に言えば、その気持ちも少しわかるよ。……でもそうなると、雨月の立場が難しくなるんだよねえ」

困ったように息をついて、陽天は紅茶を飲む。

白雪がそっと口を挟んだ。

「見間違いだったのではないですか?」

「そこを落とし所にしたかったんだけどね。でもよく考えてみて。夜道であろうと雨月に会って、見間違えることってあると思う?」

白雪はあらためて雨月を見つめる。眉間に皺を寄せていてもなお麗しい佇まいを。

「……いえ、ありませんね」

「そうだろう? そもそも神が誰かと間違えられるような存在感であっていいはずないんだよ」

恋は盲目というが、白雪の審美眼が曇っていないことが明らかにされてよかった。存在感とは的を射ている。雨月はただ容貌が美しいだけではなく、なんというか、一度見たら忘れられない、周囲の目を引く精悍さがあるのだ。

とはいえ事が事である。白雪は顎先に拳を当て、なんとか妙案を捻り出そうとした。

「ですが仮に雨月様ご本人だったとして、犯人と決まったわけでもありませんよね。犯人なら現場に長居するわけがない。さっさと逃げるでしょう」

「それはもっともだね。だけど、そうだとしたら雨月はどうしてその場にいたのかって話になるんだよ。……あのー、とっても言いづらいんだけど」

陽天が気遣うような目配せを送ってきたので、白雪は姿勢を正した。

「はい、なんでしょう」

「もしかして、白雪さんではない他の誰かとの逢瀬のために現場の近くをうろついていたなんてことは……嘘です冗談ですやめて僕を殺さないで」

「あり得ない、とだけ言っておく」

恐ろしく冷ややかな声で雨月が答えた。応接間は壁際に設えられた暖炉によってぽかぽかに温められているのに、ここにだけ吹雪が吹き込んだようだった。白雪はちょっと二の腕をさする。

と、雨月が素早く白雪の方を向き、その手を握りしめた。

「白雪、こいつの妄言を信じてはいないな?」

「も、もちろんです」

別に自信家ではないが、雨月が白雪を大切にしてくれているのは理解している。そもそもここ最近の雨月と過ごしていれば、そんな疑いを持つ余裕はなかった。

「なんか白雪さんの顔、赤くないかい」

「この席は暖炉が近いので……」

本当の花巫女になりたいと願って以降、とみに甘やかになった雨月の態度を思い出し赤面する白雪は、暖炉に責任転嫁して思考を本筋に戻した。

(一つ、気になることがあるわ)

いつかの夜を思い出し、白雪は訊ねる。

「現場にいた雨月様の目の色は、何色でしたか?」

ああ、と陽天が短く頷く。些細なことだというように、答えはあっさりとしていた。

「濃い金色だったって言っていたよ。鬼火みたいに不気味で、目に焼きついて離れなかったってさ」

特に収穫もなく陽天が帰った後、白雪は書斎でぼうっと座り込んでいた。そばの本棚から適当に本を一冊取り出し、ぱらぱらめくってみる。けれどちっとも文字は頭に入ってこなかった。

全ての思考はあの日——白雪が唯一、雨月を恐れた日に戻ってゆく。

「白雪、こんなところにいたのか」

戸口に雨月が立っていて、白雪はハッと本から顔を上げた。

「どうかしましたか」

「どうかしているのは白雪の方だろう。ずっとぼんやりしている。あんな話を聞かされれば無理もないが」

雨月は扉を閉め、長椅子に腰かける白雪の隣に座った。寄り添うような近さで、白雪の膝に置かれた本に目をやる。

「小説か」

「西洋の物語です」

善良な医師が薬を飲んで人格を分離し、純粋な悪を生み出してしまう話だ。昼は誠実な紳士、夜は悪逆の殺人鬼として過ごすうちに、医師はやがて悪の人格に呑まれ、

「ええと、ではやはり、雨月様ではありません、ね……」

「だとするなら、勝手に白雪に口づけしようとしたのが最も許し難い。話を聞く限り、白雪を傷つけようとしているとしか思えない」

それは白雪も感じたことだった。白雪とて様々な悪意に触れてはいるが、あの雨月の悪意は格が違った。憎悪、と呼んでもいい。理由はわからないが、あの男ははっきりと白雪を憎んでいる。

どちらからともなく会話が途切れた。暖炉の炎が燃える音と、外で吹く風の、もの寂しい笛に似た音だけがときおり響く。また雪が降り出したようで、結露した窓の向こうは白く曇っていた。

「一つ、お願いがあるのですが」

本の表紙の上、重ねられた手の重みを感じる。この重さを正しく量れるようになったのはほんの最近で、だからこそ、白雪は絶対にこの人を守りたいと願っていた。

たとえ何を犠牲にするとしても。

「今晩、私と一緒に眠っていただけませんか？」

白雪が考えたのは単純な計画だった。

もし雨月が眠っている間にもう一人の雨月が出歩いているとしたら、一晩中そばで見張っているのが最も効果的だ。すなわち、白雪が不寝番を務めればいい。

　この状況を放っておけば雨月に失踪事件の嫌疑が向いて、悪い方に話が進むかもしれない。そうでなくても、何か糸口を掴めれば事件解決の役に立つ。

　だから白雪は、羞恥心とか良識とかを錦の衣のようにまとってしくしく泣き言を言っている場合ではない。できることはなんでもすべきだ。

　そう、わかっては、いるのだが。

　その日の夜、夜着に着替えて雨月の部屋を訪れた白雪は、半泣きで訴えていた。

「こ、ここまでする必要はないのでは!?」

「いや、ある。手落ちがあってはいけないからな」

　言い争う二人のかたわらには、布団が二組敷かれている。まるで夫婦の寝室のように隙間なく。

　真っ白な掛布が行灯の橙色《だいだいいろ》の光を艶やかに照り返しているのを前に、白雪は頭を抱えた。

「私は部屋の外で見張りを務めるつもりだったのです。こんな、隣同士のお布団で寝るなんて……！」

「白雪は〝一緒に眠って〟くれるつもりだったんだろう？」

　雨月が揚げ足を取ってくる。しかめ面だが、その唇の端が笑いを堪えるように震えているのが見て取れた。完全に、楽しんでいる。

「無理ですよ。恐れ多すぎます。そんな、同じ部屋で……こ、呼吸するだなんて！」

「何かすごくいやらしいことを言っているつもりかもしれないが、至極当然のことだからな」

「うぅっ」

ごく軽く、音がするかしないかというくらいの強さで、雨月が白雪の額を指で弾いた。痛みはなかったものの、その衝撃が白雪を正気に立ち返らせる。

「……これはあくまで調査のためです。冷静に考えれば、同じ部屋で監視した方が確実ですね。お任せください、雨月様には指一本触れません」

冷や汗を拭って誓いを立てれば、雨月の顔が憂いに沈んだ。

「このやり方では、白雪に敵意を抱く存在と相対させることになる。あまり危険に晒したくはないんだが」

「私が言い出したことです。お気になさらないでください。呪符も作りました」

相手の動きを拘束したり、目眩しの火花を出したりするものだ。白雪の霊力でどこまでやれるかは心許ないが、ないよりはましだろう。

白雪の取り出した呪符に目を落とし、雨月が思案深げに指を立てた。

「寝る前に、白雪に〈籠目《かごめ》の術〉をかけておく。保護結界だ。これで俺は白雪に直接触れられなくなるから少しは安全だろう。ほら、こっちを向け」

「はい」

雨月の指先が神気を帯びてぽうっと明るくなった。何やら額に触れるようなので、白雪はおとなしく目を瞑る。

「……わっ」

雨月の大きな手のひらが白雪の頭を撫でていったかと思うと、額に火の灯ったような温度を感じた。

「これでよし」

目を開ければ、雨月が満足そうに頷いている。術は上手くいったらしい。

「な、なぜ今、頭を撫でたんですか？　術には関係ないですよね……？」

「関係ある。術をかけた後は白雪に触れられないからな」

「な、なかったと思います、よ？」

抗議は弱々しくて自分でも説得力がなかった。しかも、言うなり頬が緩んで止められない。雨月に触れられることは今まで何度かあったのに、ほんのりと胸底に温みが宿っていた。嬉しい、のだ。

手の感触を思い出すように頭を押さえると、急に雨月が渋い顔つきになった。

「どうかされましたか」

「あと少し白雪を堪能してから術を施すべきだったと後悔している。今、もう一度触れたらもっと可愛い顔が見られそうなのに、と」

「わ、私で遊ぶのはおやめください。もう無理です」

「遊びではないが。……なんで無理なんだ？」

「これ以上何かされると、心臓が爆発しそうなので……」

「それは困るな」

小さく笑い合いつつ行灯の火を消し、布団に横になる。

「おやすみ、白雪」

「おやすみなさい、雨月様。また明日」

薄闇の中で挨拶を交わしながら、白雪は祈った。

――どうか、雨月様が良い夢を見られますように。

隣で眠っているはずの雨月が立ち上がったのは、二時間ほどしてからのことだった。

少しも物音を立てない動きだった。気を張っていなければ、隣で悠々と眠りこけていただろう。

「雨月様、ではないですよね」

白雪は布団を抜け出て、部屋の襖の前に立ち塞がった。この男をどこにも行かせるわけにはいかない。

窓越しに照らす満月を背に、男の影が黒々と浮かび上がっている。けれど逆光の中でも金色の瞳だけが炯然と輝いていて、白雪は背筋が粟立つのを感じた。間違いようがない。あの夜に出会った方の雨月だ。

男が頭をもたげ、白雪を真正面から捉えた。

「――俺は雨月だ。以前名乗ったのを忘れたか？」

応じる声の、端々にまで冷たさが満ちている。嘲弄を隠そうともしない。

「覚えています。でも、あなたは違う。私の知っている雨月様じゃない」

白雪は胸元を押さえて反論した。やはり今なら自信を持って言い切れる。肋骨の内側で、鼓動がどんどん速くなっていく。

「あなたは誰ですか？」

男は問いには答えず、代わりに憎悪を込めた目で白雪を睨んだ。口を開くと、わずかに牙の尖端《せんたん》が覗く。

「お前のせいで、俺が出てくるのがずいぶん遅くなってしまった」

「……何を」

「その力だけは興味深いが、やはり俺はお前が憎い。くびり殺してやりたいほどにな」

どす黒い殺意に染まった声は、白銀の月明かりさえ侵してしまいそうだった。ひん

まうほどの妖艶《ようえん》さが湛《たた》えられていて、白雪はその場に釘づけになる。

「俺が殺してやりたいのはお前だけだよ。それ以外はどうでもいい」

殺意が真に迫る分、それはこの夜に交わした会話の中で最も真実に近く感じられた。

（本当にこの人は関係ない……ように見えるわ）

寝る前に火鉢に灰を被せてしまったせいで、部屋の空気はだんだんと冷えていく。くしゅん、とくしゃみをしそうになって、白雪は耐えた。手足は凍えているのに頭だけがのぼせたように熱い。

「昨晩、帝都の外れの広場に行きましたか」

「さあ？　記憶にない」

男はもはやこの話題に興味を失っているようだった。窓辺から離れ、一歩、白雪の方へ歩みを進める。

「もういいだろう。俺とていつでも顕現できるわけではない。こういう機会は貴重なんだ——どいていろ」

「行かせません」

白雪は襖の前に立ちはだかり、懐に手を突っ込んだ。呪符が指に当たってカサリと音を立てる。男が鼻で笑った。

「やめておけ、今のお前では俺を御せまい。おとなしく引き下がるなら今宵は見逃す、と言っている。お前を殺せるのは一度きりだ。その舞台は、俺の憎悪にふさわしく整えなければならないからな」

「そういうわけにはいきません」

失踪事件に関わっていなかったとしても、雨月の姿で帝都をうろうろされてはどのような風評が立つかわからない。それに白雪を殺したい、などと平気で宣う存在を野放しにするのは危険だ。

男が白雪の正面に立つ。少し腕を伸ばせば届く距離に。

「ふうん。どうしても、と言うならここでお前と一晩過ごしてやろうか。それでお前がどうなったとしても知らないが。夜更かしする悪い子への罰だ」

男の唇が妖しく歪み、衣ずれの音もなく手が持ち上げられる。その長い指が白雪の頬に触れたとき。

バチッと火花の弾けるような感覚があって、白雪はたたらを踏んだ。

「……当世の雨月は、お前を宝物のごとく扱っているらしいな」

男の低い声に、白雪はぎょっと目を見開く。雨月の指から腕にかけて、百足の這ったような跡がついていた。赤く爛《ただ》れているようで痛々しく、辺りにはかすかな焦げ臭さが漂う。

男は夜着の袖口をまくり上げ、傷ついた腕をまじまじと眺めた。感心したように呟く。

「へえ、〈籠目の術〉だけではないな。よくも己にこのような呪いをかけたものだ」

「呪い……？」

「お前の肌に触れれば、〈蠱毒《こどく》の呪〉が発動するようになっている。この呪いの触媒となる大百足は龍の天敵だからな。龍神にとっては致命傷となりかねない大呪だ。まったく、お前を害そうとするもの全てを許さないという気概に満ちている」

「ち、致命傷って、そんな……」

物騒な単語を聞けば、ますます傷痕が禍々しいものに見えてくる。白雪はひゅっと息を詰め、本能的に口走っていた。

「て、手当てをっ」

「だからお前が触れれば傷つくんだよ。……ああ、無駄に力を使ってしまった。時間切れだ」

男が眠そうに瞼を下ろす。こちらに傾いでくる体を、直接触れないように気をつけながら支えれば、地獄の底から這い上がるような笑い声が鼓膜を震わせた。

「お前こそが、俺の首に枷《かせ》をかけたことを忘れるなよ」

月に雲がかかったのだろう。部屋に月華は絶えて、おどろおどろしい囁きだけが暗然と響く。

（これはどういうことなの……？）

狼狽えながら雨月を揺り起こそうとしたとき、玄関の方で呼び鈴が鳴った。

今はそれどころではないと無視しようとしても、訪問者はしつこく鈴を鳴らしている。どのみちこの始末は自分一人ではつけられないと諦め、白雪は急いで玄関へ駆けつけた。こんな時間に誰だと若干憤りながら。

「よ、陽天様……？　こんな時間にどうされたのですか？」

洋館の玄関には、見慣れた陽天の姿があった。玄関ホールは真っ暗だ。突然の訪問に混乱しながらも、白雪は壁の洋燈に火を灯す。

ズボンのポケットに片手を突っ込んで待っていた陽天は、白雪を認めるとにこやかに笑った。

「やあ白雪さん。夜遅くに悪いね。雨月に用があるんだけど、今どうしているかい？」

「そ、それが……」

当惑しつつも天の助けとばかりにたった今起こったばかりのことを話せば、陽天は心配そうに眉を下げた。

「それは不安だったたね。いったん雨月を僕の屋敷へ運ぼうか？　僕が診ればわかることもあるかもしれないし」

親切な提案にほっとして、白雪は頷く。さっそく雨月のところまで案内しようとしたとき、陽天が「そうだ」と声をあげた。

「その前に、白雪さんも僕の屋敷へ来てくれるかい？　君にも話があるんだ」

はい、と答えようとして、白雪は思いとどまる。それは少し妙ではないだろうか。

「陽天様のお屋敷でなくても、お話ならここで伺えます」

はたりと目を瞬かせ、陽天の様子をよく観察する。ちょっと困ったような笑顔も、糊の利いたシャツとズボンという服装も、いつもと相違ない……ように見える。

けれど、陽天は別に白雪の友人ではない。どれほど親しげに接してくれたって、彼は高位の神で、白雪はただの人間だ。常に一線を越えないようわきまえてきた。

つまり〝いつも〟を判断できるほど、陽天を知らない。

だから白雪は、純粋な疑問として訊ねた。

「どうして私が、先に陽天様のお屋敷に行くのですか……？」

「ははは、やっぱり不思議に思う？　そうだよねぇ」

そう笑った次の瞬間、陽天の表情が零下に落ちた。

「何も考えず、あっさり従ってくれればよかったのにね」

陽天は平板に呟いて、ポケットに入れていた手を取り出す。その指先は、緑色の輝石の連なった腕飾りをつまんでいた。

見覚えのある品に、白雪は両手で口を覆う。

「それは……綾さんの……⁉」

「君が友人思いのいい子で嬉しいよ。これを僕が持っていて、ことさらに君に見せびらかしている意味、理解できるよね？」

洋燈の明かりを受けて、腕飾りは間違いなく緑色に輝いている。陽天はそれを乱暴にポケットにしまい、白雪の手首を掴んだ。

「さて、ご友人に無事でいてもらいたいなら、おとなしくしていてね」

振り上げられる陽天の手を視界の端に捉えた刹那、白雪の意識は暗転した。

第五章

雨月は深い眠りの底にいた。

夢、を見ているのだと思う。暗闇の中、辺りは何者かの神気で満たされていた。何か大きな生き物の胎内に入ったかのような、ぬるりとした感覚がまとわりついてきて、雨月は顔をしかめた。

一歩踏み出してみると、遠くからさやさやとした葉擦れの音が聞こえる。落ち葉の間を百足が這い回る音も。どうやら山の中にいるようだった。

だが、と雨月は気を引き締める。屋敷を囲む森とは違う、太古の神秘の気配がする。

歩いていくうちに、四囲の様子が一変した。

突如として頭上には満天の星が広がり、眼前にはどっしりとした鳥居が現れる。なんの予兆もなく、雨月の目の前には神社の境内が広がっていた。鳥居を越えた先に、檜皮葺《ひわだぶき》の壮麗な拝殿が鎮座している。確固とした信仰を受けた、神の社であることは間違いなかった。

その拝殿の奥に鎮座するのは、緋色の帳が巡らされた黒漆の高御座。

果たしてその高御座に、見知った顔が座していた。

「――貴様が当代の〝雨月〟か。よくここまで来たものだな」

己と全く同じ顔。身にまとうのはよく似た黒い着物。だがその瞳は濃金に輝き、髪は深い黒色に染まっている。

何より退屈そうに頬杖をつき、傲岸不遜に足を組んだ姿は、明らかに自分とは異なる存在だと物語っている。

「お前が初代の〝雨月〟か」

作り物めいて美しい星空の下、雨月は厄神と相対した。

雨月は参道を進んで拝殿の階を上り、初代を睨み据える。

まるで訪問者を予見していたかのように、高御座の帳は上げられていた。拝殿の中では花頭窓から入る星明かりだけが頼りだが、夜目の利く雨月には問題なかった。

「ここは俺の社だが、ここまで来たことのある当代は今までいなかった。貴様が自分自身にかけた〈蠱毒の呪〉が妙な具合に作用したのかもしれないな。呪いによって黄泉路を辿る途中にここへ迷い込んだ、とかな」

初代が唇に薄い笑みを刷く。雨月にとっては自分の生死などどうでもよかった。それよりもここで決着をつけておかねばならないことが一つあった。

「お前はなぜ白雪の命を狙う？」

「いの一番に聞くことがそれか？」

初代は呆れたように片眉を上げた。頬杖をついていた手を、虫でも追い払うようにひらりと振る。

「決まっているだろう。あの娘こそが俺を封じているからだ」

答えは短い。そして謎めいている。だが雨月にはそれだけで充分だった。

「今までの〝雨月〟の肉体や魂は、選ばれて十年も経てばほとんど失われていた。だが俺は未だに人間としての理性をかなり保っている。……これは、白雪のおかげなんだろう」

それは繰り返し考えていることだった。

白雪だけが恐怖もなく雨月のそばにいられること。そして——遡《さかのぼ》れば、十年前の出会いさえも。

初代は不機嫌そうに頷いた。鋭い牙をちらつかせ、忌々しげに口を開く。

「あの娘は十年前、俺の魂を異能で封じた。普段ならば巫女の異能ごときに遅れを取るわけがない。だがあのときは俺の魂が目覚めたばかりだったために、むざむざ封印に甘んじるはめになった」

「……そうではない。おそらく、白雪が真に優れた巫女だったからだろう」

白雪を軽んじる発言が許せず、雨月は切り返す。初代が苛々と舌打ちをした。

「認めるのは癪だが、それもあるだろう。しかも龍神を封じておいてまだ異能を使えるとはな。あの娘の力はどうなっているんだ。世界の因果を捻じ曲げかねない。俺なぞよりよほど恐ろしい存在だと思うがな」

初代の誹《そし》りに、自分の前でのびのびと過ごす白雪の笑顔が思い出される。雨月は一度だって、白雪を恐ろしいなどと考えたことはない。おそらく、白雪が雨月を恐れないのと同様に。

「俺の前にいるというのに、ずいぶん余裕があるな。あの娘の力を信じているのか？」

初代が高御座に座り直す。背もたれの軋みが、拝殿の空気をかすかに震わせた。

「いつまでもこんな奇跡が続くと思っているなら大間違いだ。経年によって封印は緩み始めている。俺がときどき目覚められるのもそのせいだ。いずれにせよ貴様は死ぬ」

「……奇跡、か」

雨月は唇を噛みしめる。思い浮かぶのは、落ちこぼれと自らを卑下していた白雪の暗い顔。雨月が一番見たくなかった顔だ。

霊力の少ない彼女は、誰の花巫女にもなれなかった。空木津国の神々は〈神鎮めの儀〉ができない娘を、自分の唯一には選ばなかった。

しかしそれは大きな誤りだった。十年前のあの日、白雪は霊力を失ったと考えられていたが、実際は、その膨大な霊力で最強の龍神の魂を封印することに成功していたのだ。

――こんな〝封印〟は白雪にしかできない。彼女は落ちこぼれどころか、この国随一の巫女だ。

そして雨月にとってはそれだけではない。雨月のそばにいて、ひたむきな想いを向けてくれて――雨月自身が幸せにしてやりたいと願うのは、白雪しかいない。

この世でたった一人、他の誰でもない、登能白雪こそが雨月の運命にふさわしかったのだ。

そう心を決めれば、あとはこの神を黙らせて白雪にちょっかいを出さないようにしなくては――と初代に向き直ったとき、初代はやけに慈悲深げな笑顔を浮かべていた。

「貴様はあの娘をずいぶん大切にしているようだな」

「当然だ」

「ならば、あの娘をもっと幸せにしてやりたいとは思わないか?」

甘く囁くような初代の言葉に、雨月は目を見開いた。


「……て、起きて、白雪さん。僕の屋敷に着いたよ」

体を大きく揺さぶられて、白雪は目を覚ました。

「……うう」

もっと威勢のいいことを言おうと思ったのに、口からは呻き声しか出なかった。思い切り殴りつけられたようで、頭が痛い。重たい瞼を細く開けると、板張りの冷たい床に転がされているとわかった。縛られてはおらず、手足は自由に動く。

「ああよかった。死んじゃったんじゃないかって心配になっていたんだよ」

陽天の穏やかな声が降ってくる。こんな状況だというのに心から心配しているような声を出せるのがいっそ寒々しかった。

「……どうして、こんなことを」

白雪はズキズキ痛む側頭部を押さえて起き上がる。辺りを見回すと、白雪がいるのは窓のない小部屋だった。おそらく地下室なのだろう。部屋の隅に上階へ繋がる螺旋階段があり、他に出入り口はないようだった。

部屋を囲む石造りの壁は頑丈そうで到底破壊できるものでもない。壁に取り付けられた洋燈が、ぼんやりと室内を照らしていた。

「乱暴な手段を取ったのはすまなかった。白雪さんに頼み事があったんだよ」

陽天が誠実そうに言って、白雪に手を差し伸べる。しかし、白雪はその手を取らなかった。洋燈が朧《おぼろ》に光を投げる、部屋の真ん中に置かれたものに目が釘づけになっていた。

それは天蓋《てんがい》つきの瀟洒《しょうしゃ》なベッドだった。紫檀《したん》の材には精緻な飾り彫りが施され、よく手入れされていることを誇るかのように艶やかに輝く。その周りを囲むのは、小さな水晶の粒が縫いつけられたごく薄い絹の帳。

初雪のきらめくような帳の向こうに、誰かが横たわっていた。

「あ、あの方は誰ですか。どうしてこんなところで寝て——?」

「白雪さん、落ち着いて。僕の話を聞いてくれ」

「落ち着けるわけがないです！　だって、この部屋には他にもおかしなところがある……！」

喉までせり上がってくる悲鳴を呑み込み、今度は洋燈の光の届かない、部屋の片隅に顔を向ける。

そこには色も形も様々な、若い女の服が大量に打ち捨てられていた。中には黒ずんだ血のついているものもある。抜け殻のような服の山を前に、白雪の頭から血の気が引いた。

「あれはなんですか!?　綾さんは無事なんですか!?」

「筧田綾は無事だよ。あの腕飾りはよく似せて作った偽物なんだ。ああ言わないと白雪さんは言うことを聞いてくれないだろう？　僕だって花巫女に手を出そうとは思わないさ」

「ぶ、無事……」

へなへなと体から力が抜けて、思わず床に手をついてしまう。すると手のひらが鈍い痛みを訴えた。どうもここに来るまでに乱暴に扱われたらしく、大きく擦りむいて血が流れている。白雪は傷口をそっと陽天から隠した。

（いえ、綾さんが無事だからといって状況は良くなってないわ。陽天様は脅迫でもっ

て私を攫った。服の説明だってされていない）

花巫女に手を出さない、ということは、それ以外の娘にならなんでもするという意味ではないだろうか。

若い娘が帝都から姿を消している——。

今まで点々と聞いていた話が、白雪の眼裏に最悪の絵図を書き記す。血のついた服、白雪への暴挙。それらが示すのは。

「まさか、陽天様が連続失踪事件の……」

声が途切れたのは、自分で言っていて信じられなかったからだ。陽天はこの国の民を守る、夏の神であったはずだ。

舌が喉の奥に引っ込んで、それ以上は声にならない。だが陽天はにこやかな表情を崩さず、白雪の言葉の続きを引き取った。

「ああ、そうだよ。僕があの事件の犯人だ。全部僕一人でやったことだよ。意外と簡単だったな。みんな声をかけたら気軽についてきてくれるものだから」

あまりにあっけなく告げられた答えに、ぐわんと音を立てて視界が揺らぐ。逃げなくてはと思うのに、足が震えて立ち上がることさえできない。

「それなら、私も同じように攫ったということですか」

せめてもの抵抗に陽天を睨めば、彼は出来の悪い生徒を相手にするように眉尻を下げた。

「少し違う。白雪さんには白雪さんにしかできないことがあるだろう。君の力を借りたくてね。帝都で堕ち神をけしかけたのに上手くいかなくて残念だったな。本当はあの場で攫いたかったんだ。なのに雨月があんなに必死になって君を守るとは思いもよらなかったんだよ」

「あれも陽天様の仕業だったと……!?」

よくもぬけぬけと言えたものだ。雨月は白雪を庇って怪我を負ったというのに、それを残念の一言で済ますとは。

陽天は平然と「龍神の執着の深さを見誤っていたよね」などと言うので、白雪の頭には血が上りそうだった。けれど、ここで怒りを見せても意味がない。強いて深く息を吸い、せめて状況を把握しようと自分を諫《いさ》める。

「……私の力を借りたいこととはなんですか」

「うん、まずは一から説明しようか。それが依頼者としての礼儀だね」

床にへたり込んだままの白雪を確かめると、陽天は固い足音とともにベッドのそばへ進んだ。右手を伸ばし、音もなく帳に手をかける。

「この子はね、僕の花巫女だよ」

陽天の手が、ゆっくりと帳を持ち上げる。とたん、香の強い匂いが白雪の元まで漂ってきた。鼻腔にまとわりつくような、甘ったるい匂いだ。

あらわになった帳の奥、ベッドに寝かされた少女の横顔が明らかになる。白雪と同じくらいの歳に見えた。まつ毛の長い艶美な顔立ちで、目を閉じていても美しさが香り立つようだった。

それでも、白雪は知らず我が身を抱きしめていた。呼吸を浅くする。濃く漂う香の匂いに、肉の腐ったような臭気が混じるのに気づいてしまった。

少女の肌は蝋で固めたように青白い。そもそも、これだけ騒いでいるのに目覚めないのはおかしい。

少女は目覚めないのではない――永遠の眠りについているのだ。

陽天は黙りこくって少女を見下ろしている。その悲しげな背中に、白雪は密やかに声を投げた。

「陽天様の花巫女は亡くなったと伺いました……」

「そんなもの勝手に外野が言っているだけだ。僕は認めていない」

きっぱりとした返事があって、白雪は愕然とする。死に認めるも何もあるものか。残念ながら根の国と現世は隔たれていて、一度死んだ者に二度とは会えない。

陽天は眠る恋人を慈しむような手ぶりで、花巫女の前髪を梳いた。その端から髪がボロボロ抜けてしまうのではないかと白雪ははらはらする。どれほど見てくれが綺麗でも、そこにあるのは腐りかけの遺体だった。

幸いにして陽天はすぐに花巫女に触れるのを止め、白雪の方へ爪先を向けた。

「だってこうして、この子の体は僕の目の前にある。二百五十三年、ずっとここで眠っている。とはいえ、僕の力ではこれが限度だったんだ。この子の魂はまだ戻ってこない。反魂香《はんごんこう》やら泰山府君祭《たいざんふくんさい》やら、異国の秘術まで試したけどどれも上手くいかなかった」

花巫女を蘇らせるためになりふり構わなかったのだろう。ため息をつくほんの数瞬だけ、陽天の顔に老いた影が刻まれた。

「どうにかして、僕はこの子の魂を現世に呼び戻したい。白雪さんもそう思うことはないかい。死んでしまった人にもう一度会いたいと願ったことは？」

白雪の周りで亡くなったのは曾祖父母くらいのものだった。どちらも白雪の幼い頃のことだからあまり記憶がない。登能家は割に長命で、祖父母も健在だ。

白雪はさりげなく胸元に手をやる。懐にあるお守りの感触が、心臓を強く軋ませる。

白雪にとって一番近いお別れは、きっと雨月。

だからたぶん、その苦しみはこれから知っていくのだろう。

「二百五十三年間、この子の魂を呼び戻す方法をずっと探している。だけど花巫女がいなくて、僕の力が弱まってきてしまってね。この子の体を維持するのが難しくなってきた。だから代わりの体を見つけようと思って、人間を攫ったんだ。……まあ、どれも期待外れだったけれど」

陽天は鼻を鳴らし、つまらなさそうな視線を服の山にぶつける。白雪の背中に冷たい汗が伝った。目の前にいるのは、本当に夏を司る偉大な四季神なのだろうか。

「あなたが攫ったのは、花巫女とはなんの関係もない人々なのですよ。本来はあなたが守るべき、空木津国の民。それなのに他に何か思わないのですか」

「仕方がないことだよ。最愛の人を取り戻すためなんだから」

ひどく自分勝手な言い分に怒りが湧き立つ。愛のためなら誰かを傷つけてもいいというのか、そんなわけがない。

陽天はベッドに腰かけゆったりと足を組んだ。澄んだ青色の瞳で白雪を見下ろす。

「僕だって喜んでこんなことをしているわけじゃない。もっと平和的な方法が取れればそれが一番なんだよ。例えば、この子の魂が別の誰かの元で目覚めてくれるとかね」

陽天の発言によって、白雪の思考に閃くものがあった。

「もしや、雨月様に近づいたのはそれが狙いだったのですか」

「うん、そうだよ。空木津国で魂が肉体の間で移ろう神は〈神殺しの龍〉だけだ。どうやってその業を可能にしているのか解明できれば、きっと役に立つだろうと思ってね。どうやらあれは龍神にだけ許された特異体質みたいだから、あんまり意味はなかったなあ」

「雨月様を利用していたと……」

陽天が雨月に向けていた笑顔は、全て演技だったというのか。ぐるぐると思案を巡らせる間に、陽天はくすりと唇を歪ませる。

「許されるなら、龍神でもっと実験してみたかったんだけどね。だけどあの龍神はなかなか用心深くて、全然心を開いてくれなかったんだよ。だけどね、ちゃんと考えてみて。そもそも同胞殺しなんておぞましい存在にわざわざ近づくんだ、裏があるに決まっているだろう? もしかして、本当に親切心だと思っていたのかい?」

嘲笑混じりに告げられて、白雪の腹の底がふつりと煮えた。

「ふざけないでください、あなたに笑う資格なんてありません。雨月様をなんだと思っているんですか!?」

拳を握れば、擦りむけた手のひらがじくじくと痛む。傷口が開いてぬるい血が手首を伝い落ちるのを感じながら、白雪は陽天を睨めつけた。

けれど、陽天は取りなすように肩をすくめただけだった。

「まあまあ、そんなに怒らないでくれ。こう見えても僕は雨月に感謝しているんだから。白雪さんを見つけられたのは大きな成果だったよ」

「私を……?」

白雪は眉をひそめる。そういえば陽天は白雪に頼みがあるとか言っていた。この流れでの依頼など絶対にろくなものではない。

嫌な予感に襲われる白雪をよそに、陽天は大きく両腕を広げ、満面の笑みで言った。

「夜会で見せてくれたその異能。まったく素晴らしい力だよ。僕も長く生きているけれど、ここまで稀有《けう》な能力は初めて見た。やはり運命は僕とこの子の再会を祝しているに違いない。ねえ白雪さん――どうかその力で、この子を蘇らせてくれないか」

両目はひたりと白雪の右手に焦点を合わせ、語りは熱を帯びていく。爛々とした視線が肌の上を這い回るようで、白雪はとっさに右手を背に回した。

考えるまでもなく、答えは決まっていた。

「お断りします」

返答の声は少しだけ震えてしまった。意に沿わぬ返事をすれば、白雪に利用価値なしとして陽天を逆上させる恐れもある。

それでも、愛を謳《うた》って何食わぬ顔で誰かを傷つけ、雨月の信頼を踏みつけにしてはばからないような者に、偽りでも頭を下げるのは嫌だった。

耳元で鼓動が激しく脈打っている。白雪は懐を両手で握りしめ、深くうつむいた。手のひらは冷や汗と血で湿り、着物の胸元が汚れる。でもどんなにみっともなくても構わなかった。何度も深呼吸を繰り返し、おもむろに頭をもたげてみせた。

「神と花巫女の関係は、もっと素敵なものだと思っていました。お互いにとってのただ一人。かけがえのない人生の伴侶。私にそう思わせるような話をしてくれたのは陽天様ですよ。それなのにこんなことになってしまって……とても残念です」

床に手をつき、壁に縋って立ち上がる。額に浮いた脂汗を手の甲で拭った。

「今の陽天様には従えません。それに私の霊力では、死者を蘇らせるなどできはしません。愛する方との再会は諦めてください」

洋燈の火影に浮かび上がる陽天の表情に変化はない。口元に薄笑みを湛えたまま、白雪を注視している。弧を描く唇がうっそりとうごめいた。

「そんなことはないさ。僕はこれでも格の高い四季神だからね、君の真の力がわかるんだよ。もっと自信を持つといい。君はすごい巫女だよ、もしかしたら千年に一度の逸材かもしれない」

「はあ……？」

誘拐犯に突然励まされて困惑する。しかも心当たりが全くない。白雪はずっと、誰からも見向きもされない落ちこぼれの巫女だった。

それでも陽天は自信たっぷりに頷くと、綺麗な歯を見せて白雪に笑いかけた。

「大丈夫、白雪さんならできるよ。世界も因果も、君の思いのままだ」

初代の問いに、雨月は当惑していた。

「もっと幸せに、というのはどういうことだ」

十年前、白雪が初代の魂を封印していたことはわかった。だがそれが彼女の幸福にどう関係してくるのか。

「強大な力の元には様々な欲望が忍び寄る。本当に今の状態があの娘にとって最善だと言えるのか、よく考えてみたらどうだ」

初代が着物の袖を閃かせ、雨月に手のひらを差し伸べる。

「あの娘は本来、とても霊力が高い巫女だった。それを俺の封印に用いたことにより、今は極端に霊力が弱くなってしまっている。あの娘はこれを知ったらどう思う？　俺は人間の世になど興味はないが、落ちこぼれなどと蔑まれるのは不快だろうに」

雨月はハッと目を見張った。初代の指摘には一理あった。この空木津国で、霊力の乏しい祝部の娘として生きてきた十年の苦しみは、白雪にしかわからない。

「封印をやめれば、強い霊力を取り戻せる。……白雪がそれを望むというんだな」

「充分あり得る話だろう？　もちろん、そうなれば貴様の魂も肉体もすり潰され、俺が顕現するがな」

初代の静かな声に、雨月は視線を花頭窓へ投げる。星空の下を軽やかに飛ぶ真っ白な蝶々が見えた気がして、雨月は目を凝らした。

──白雪はもう、どんな道でも選べるのだ。

強い霊力を持った娘がどれほど歓迎されるか、雨月とてよくわかっている。白雪の霊力が戻れば、今までの十年が帳消しになるほどの栄誉と地位が与えられるだろう。周囲の人間は手のひらを返して褒めそやし、こぞって白雪を求めるに違いない。

それが幸福になるのかを決めるのは白雪であって、雨月ではなかった。

たとえ雨月がもう白雪を手放せないとしても。それでもなお、今ここで胸に蘇るのは、どれも些細な記憶だ。

夜の屋敷に出迎えがあること、ともに食べる食事の美味しさ、肩を並べて歩く道の楽しさ。雨月が精いっぱい与えた愛を、大切に慈しんでくれること。

どれをとっても劇的ではなかった。それでも日常に入り込む、小さな雪洞のような明るさが、雨月の胸に少しずつ降り積もって根を張ってしまったのだった。

この思い出をよすがにして生きていく、などという聞き分けのいい道は選べない。

雨月は誰にも白雪を譲りたくないし、渡してやるつもりもない。

白雪が自由になれるというなら、彼女が雨月の隣を選び続けるようにするまでだ。世界で一番甘い水を用意して、居心地の良い籠を編んでやろう。

それくらいの労力、雨月にとっては何ほどでもない。

「そんな未来はあり得ない。俺は白雪から離れるつもりはないからな」

雨月が射貫くように睨んだ先で、初代ははっきりと憫笑《びんしょう》を漏らした。

「それが当代の答えか。では、あの娘には死んでもらおう」

夜空をも凍りつかせるような冷たい声色に、反射的に刀の柄を握ろうとした雨月の手が空を掴む。ここに刀は持ち込んでいないようだった。

「お前は何を知っている？」

「さあ？　俺としては貴様が死ぬのでもあの娘が死ぬのでも、どちらでもよい。考え直すなら今のうちだぞ」

それきり初代は興味を失ったように、静かに瞑目《めいもく》した。


「私が……雨月様の封印を……!?」

陽天から説明された十年前の顛末に、白雪は驚愕していた。

どれも耳を疑う事実ばかりだった。だが霊力の急激な枯渇やもう一人の雨月の存在など、辻褄《つじつま》が合う部分もある。

自分の霊力が弱くなったのは、あの日堕ち神に怪我を負わされたせいだとずっと思い込んでいた。しかし真実は、初代の封印に霊力を使っていたためだったのだ。

「そうだよ。四季神くらい高位の神なら気をつけていればわかるかな。まあ雨月からすれば、自分自身のことだからよく見えないんだろうけれどね」

陽天はベッドに座ったまま淡々と続ける。

「僕のお願いは至極簡単なことだよ。雨月の封印を解いてくれ。そうすれば、きっとこの子を蘇らせるのに充分な霊力が戻ってくる」

「なっ……」

白雪は絶句し、答えを探すように室内を見渡した。花巫女の枕元に置かれた花瓶に、生花が活けられているのが今さら目につく。季節外れの向日葵《ひまわり》だった。きっと彼女の好きな花なのだろう。

冷たい壁によろよろと肩を預け、指先で顎を撫でる。よく考えよう。本当に白雪が初代を封じているなら、帰結は決まっていた。

「そんなことをしたら雨月様は初代に乗っ取られてしまうのではありませんか」

「そうだよ。でもそうしたら、君は霊力の高い巫女に戻れるんだ。世界を思いのままに操るのはとびきり気分がいいし、みんなが白雪さんをもてはやす。魅力的な話じゃないかい？」

ほんの少しだけ想像してみる。例えば夕姫や猪飼子爵が白雪に追従し、白雪の書く通りに世界の法則が動くところを。そこでは白雪がきらきらの王冠を戴き、玉座に一人ふんぞり返っているのだろう。

「よくわかりました。――お断りします」

白雪は一顧だにしなかった。何も魅力的ではなかった。どれほどの人に求められようと、指先一つで全てが思い通りになろうと、そこに雨月がいないなら意味はない。

「だって私は、雨月様の花巫女なのですから」

今の白雪の目にはもう、雨月の姿がきちんと映っている。その端正な顔にどんな表情が浮かぶのか、硬質な雰囲気がいつ緩むのか、そして何より、どれほど白雪に心を砕き、惜しみなく差し出してくれているのかをよく知っている。

その想いに報いることこそが白雪の幸せで、たかが世界の一つや二つを天秤《てんびん》の向こう側にのせられたって、釣り合いが取れるわけもないのだ。

にべもない白雪の様子に、陽天はうっすら笑んだ。

「やっぱりそうなるよね。でも構わないよ。白雪さんが何を考えようと、僕を阻むことはできないんだからね」

ベッドから立ち上がり、ゆっくりと白雪の方へ近づいてくる。右手を軽く振ると、空っぽだった手のひらに短刀のようなものが握られた。刃が洋燈の光を鈍く反射する。

白雪は唾を飲み込み、壁に背を押しつけた。

「それで何をするつもりですか」

「大丈夫だよ、痛いことはしないから。〈破軍の術〉って知ってるかな。この刃で君を刺すと――」

あちこち視線をさまよわせても、地下室のどこにも逃げ場はない。その間にも陽天は難なく白雪の前に立った。すっと表情を消し、短刀を振りかぶる。白雪が身をこわばらせるのと同時、その切先を白雪の胸の真ん中に突き立てた。

「いやあああっ!!」

白雪の口から悲鳴が迸る。しかし不思議に痛みはなかった。その代わりに、背骨を連ねる芯をぶつんとちぎられたかのような衝撃に襲われ、切れ切れにあえぐ。胸を貫く短刀は淡い光を放ち、陽炎のようにぼやけて消えた。

「あ、あ……」

白雪はどさりと膝をつき、心臓を押さえて肩で呼吸を繰り返す。霞み始めた視界の端に、よく磨かれた陽天の革靴の爪先が映った。

陽天は白雪を見下ろし、冷たい笑いの滲む口調で告げた。

「これで封印は破られた。今の雨月はきっと助けに来られない。失踪事件の現場で雨月が目撃されたと聞いて、僕はすぐにピンときたよ。これは初代が目覚めかけているんだなってね。だから夜になれば、雨月は初代に体を乗っ取られるんだろう。白雪さんはもう危険を知らせることもできないよね。自分の立場を理解したら、僕のお願いを聞いてくれるかな?」

陽天の声など少しも耳に届かなかった。ただ遥か遠く、天上から何かの群れが白雪めがけて戻ってくるような、羽音のようなさざめきが鼓膜を覆っていた。

「ぐ、う、あ……！」

大きなうねりが白雪に触れ、瞬く間に全身を押し包む。なんの説明もなくたって霊力が戻ってきたとわかる。体の隅々に清らかな水が染み透っていくようだった。

白雪は耐えきれず、ドッと床に倒れ込んだ。封印を解かれて戻ってきた霊力は、十年前とは質も量も段違いで、自分のもののはずなのに飼い慣らせる気がしない。一人で持つには大きすぎる力に身がすくんだ。

（私が本当の花巫女になると決めたから――雨月様を愛する覚悟が決まったから――十年前より霊力が上がった……？　だとしてもここまでなんて……！）

陽天の指摘通り、自分は優秀な巫女らしい。死者の蘇りなんてものを願われる気持ちが少しだけわかる。これだけの霊力があれば、叶わない奇跡なんてないのだろう。

けれどこの力で助けるのは一人だけだと、白雪の心は決まっていた。

「……どうして笑っているんだい？」

こちらの顔を覗き、陽天が眉をひそめる。荒い息をつきながら、白雪はのろのろと瞼を持ち上げた。笑っているのか、とぼんやり思った。重たい腕をそろそろと口元に持っていけば、確かに唇は弧を描いている。陽天が癇性《かんしょう》な声をあげた。

「待て、お前は何を持っている!?」

骨の軋むほどの力で、唇を確かめる白雪の手を鷲掴む。血で汚れた手のひらから、小さなお守り袋がこぼれ落ちた。陽天が素早く拾い上げ、中を開いた。

「……空じゃないか。こんなものを後生大事に持ってどうしようっていうのかな」

今度こそはっきりと、白雪は笑った。言っていればいい。油断していればいい。白雪は人差し指の先に、インクのようにべったり付着した血を隠すように指を握り込む。

陽天の指摘通り、雨月に救いを求めることはできない。だから白雪は陽天の目を盗み、お守りの鱗を治癒したのだ。剥がれた鱗を治すように文字を書けば、鱗は剥がれる前の雨月の元へ戻ると思って。筆も墨もなかったから、指と血で代用した。上手くいくかは賭けだったが、お守り袋が空になっている以上、成功したのだろう。

(私は、絶対に雨月様を死なせない。この鱗を通じて、雨月様に私の霊力を届けることができれば……。大丈夫、雨月様は、きっと来てくださるわ)

薄れゆく意識の中、白雪は微笑みながら目を瞑った。

雨月の体に異変が現れたのは、今しも初代に掴みかかろうとしていたときのことだった。

「ぐっ……!」

心臓の辺りに焼けるような痛みを覚え、雨月は胸元を握りしめる。痛みはすぐに引いた。けれど何か違和感があって、すぐに悟る。原因は心臓ではない。

額に手をやれば、ひとりでにツノが生え始めていた。その手の甲も白銀の鱗に覆われ始める。

自分では制御できない勢いで、体が龍化していた。

「封印が解かれている。白雪に何かあったのか」

つ、と汗がこめかみに浮かんだ。頭の奥の方で、頑丈に鎖されていたものがうごめく気配がある。おそらく雨月の中にある初代の魂なのだろう。これが完全に目覚めれば二度と元に戻れない。

高御座に座す初代は、悠然と雨月をうち眺めている。雨月は割れそうなほど強く奥歯を食いしばり、唸り声をあげた。

「俺をここから出せ」

「なぜそんなことをしなくてはならないんだ?」

初代は心底不思議そうに目を瞬かせた。

「封印が解かれれば、俺はまた空木津国に蘇ることができる。貴様に力を貸してやる義理は少しもないな」

「ふざけるな……!」

皮膚が硬い鱗に変じていくおぞましい感覚が全身を走り、ツノに変生した額の骨が灼熱《しゃくねつ》を帯びる。全身の骨をバラバラに砕かれていくような激痛に襲われて、雨月は膝をつきそうになった。脂汗が額から鼻先に伝い、地面に落ちる。

愉悦に満ちた初代の声が、甘く鼓膜を撫でた。

「宿命に逆らうのは苦しいだろう？　経験したことのない痛みだろう？　早く自我を手放した方がいい。そうすれば楽になれるぞ」

「お前の言葉になど、誰が従うか……っ」

心臓がすさまじい速さで鼓動を打ち続けている。今にも肋骨を食い破りそうなそれを着物の上から押さえたとき、ふいに違和感に気づいた。

痛みと熱に覆われた全身の中で、たった一つ、そうではない箇所がある。

心臓の真上。いつか白雪に教えた場所。

逆鱗だ。

白雪に与えたはずの逆鱗が、己の体に戻ってきている。清らかな霊力がささやかに、でも確かに存在を主張した。

——雨月様。

白雪の呼ぶ声が、激しい耳鳴りを拭い去っていく。雨月は白雪の声が好きだった。

彼女がその柔らかな声で呼び続けてくれる存在でありたいと思えるから。

雨月は軽く目を閉じる。元はといえば逆鱗は己と同一のものだ。どこから戻ってきたのか、その軌跡を辿ることは容易い。

逆鱗の来し方を探り――目の前が真っ赤になった。

「陽天か」

どういう経緯かは不明だが、白雪に危機が訪れていることは確定した。陽天が封印の術を破る呪具を白雪に使ったとすれば、まず間違いなく穏やかならざる事態だ。

初代はくつくつと愉快そうに喉を鳴らしている。

「貴様が俺の忠告を聞かないのは残念だ。ではあの娘にはやはり死んでもらおう。もとより巫女風情が俺を封じた時点で、その罪は命をもって贖うしかなかった」

「なんだと?」

吐き捨てるような初代の口ぶりは尋常でなくおぞましい。だとしても白雪に危害を加えようとする言葉を捨て置けず、雨月は初代を睨めつけた。

初代がせせら笑う。

「貴様がどれほど吠えようとすでに詰みだ。立っているのがやっとのくせに、強がりはよせ。俺に対抗する武器さえ持っていないくせに」

「――本当にそう思うか?」

荒い息を整えながら、雨月は膝に手をついて身を起こす。着物の袖で顔を拭い、背筋を伸ばして初代と相対した。この神に向かって頭を垂れるような恰好をするのは不愉快だった。

「はったりか？　その虚勢がいつまで続くか見物だな」と初代が小さく含み笑い、高御座から腰を上げる。草履を履いた足を、一歩、雨月の方へ踏み出した。鏡に映したように身長も体格も同じだった。

「――お前の思い通りにはさせない」

雨月は静かに呟き、腰元に手をやる。軽く神気を操れば、この場に持ち込んでいなかったはずの刀が現れた。

そこで初めて、初代の顔色が変わった。

「ここは俺の神域だ。なぜお前にそんなことができる……!?」

「なぜだと思う？」

鞘から刀身を抜き、正眼に構える。逆鱗から溢れ出した白雪の霊力が、全身をくまなく覆い尽くしていった。

手の甲に並ぶ鱗の色が、白銀から目の覚めるような黄金色に変じていく。雨月の変化を目の当たりにした初代が、驚愕に引きつった叫び声をあげた。

「貴様ごときが俺を超えるだと!?」

「花巫女に愛された神の格が上がるのは当然のことだろう。俺はもう、お前を上回る神格を手に入れている」

体を苛んでいた痛みは、もはや跡形もなく引いていた。

それどころか、雨月を呑み込もうとしていた初代の神気を従えることさえできる。

龍への変異は止まり、眼前の初代がひどくちっぽけに映った。

——逆鱗を通じて流れ込む白雪の霊力が、雨月を強くしたのだ。

神と花巫女は表裏一体。比翼連理の番。巫女が花巫女になることによって霊力が高まるなら、それはまた神も然り。

「今の俺であれば、条理を踏み越えて、お前を斬ることなど容易い」

白雪の霊力を白刃にまとわせれば、応えるように刃が金色に光り輝く。雨月は刀を振りかぶると目にも留まらぬ速さで踏み込み、初代を上から斬り伏せた。

「うぐ……っ」

初代が呻き、地面に膝をつく。血は出ないようだったが、その顔は瞬く間に苦痛に歪められていった。

「ここはお前の神域らしいが、支配権は俺がもらうぞ」

新たな龍神の誕生を言祝《ことほ》ぐように、天上で、夜空の割れる音がする。

雨月は刀を収めるとすぐさま拝殿を飛び出し、長い参道を駆け抜けた。

まだ遠い鳥居の向こう側は、白い光に包まれていた。

背後から怨嗟《えんさ》の咆哮《ほうこう》が響き渡った。拝殿が崩れる轟音《ごうおん》が、激しく地面を揺らす。ひた走る参道の先に、ふっと影が落ちた。人間の形ではない、巨大な龍の影。大きく口を開き、今しも雨月を呑み込もうとしている。

「――お前は負けたんだ、邪魔をするな！」

一声叫び、雨月は躊躇なく光の中に踏み込んだ。


固く閉ざされたはずの地下室に、何かの気配が迫る。

白雪の方へ屈み込んでいた陽天が危機を感じたように身を起こす。次の瞬間、突風とともに白い光が溢れ、その中から黒い着物をまとった人影が姿を現した。

――雨月だ。

白雪が見紛うはずもない。ひどく険悪な表情で、見知らぬ龍の混ざった容相だが間違いない。

（……やっぱり、来てくださった）

かろうじて意識を保つ白雪の胸に、温かな安堵が広がってゆく。

「――陽天」

地下室の惨状を見て、雨月は一目で状況を把握したようだった。目元に被さる前髪を乱暴に払いのけ、陽天を鋭く睨む。

「白雪から離れろ」

命令は短かった。けれど圧倒的だった。深い金色に染まった双眸は危うい光を孕んで見開かれ、神気がゆらりと雨月の周囲を取り巻いている。

陽天が気圧されたように息を呑み、じりじりと後退った。

「白雪。悪い、遅くなった。本当はもっと早く来るべきだったのに」

すぐさま雨月が白雪のそばに跪き、ぐったりとした体を両腕で抱き起こす。その腕の力強さになんだか泣きたくなりながら、白雪は小さな声で「いえ」と呟くのが精いっぱいだった。

「雨月様……よかった、お守りのこと、伝わって……」

「当たり前だろう。素晴らしい機転だった。白雪の異能が上手く効いたんだ」

雨月は白雪の右手を労るように取る。白雪の手は血だらけだった。痛ましげに眉をひそめ、「こんなものしかないが」と手巾で手早く手当てをしてくれる。

「ありがとう、ございます……」

「あまり喋るな。本当に白雪はよく頑張った。間違いなく俺の花巫女だ。あとは俺に任せておけ。……もう、何も見なくていい」

そう言って瞼を下ろそうとする雨月の手を、白雪は柔らかく押し止めた。雨月の気持ちは嬉しい。でも、白雪は雨月の隣で綺麗なものだけを見て、安穏としていたいわけではない。

「私は、雨月様とともにありたいのです。どうか最後まで見届けさせてください」

「……そうか。ありがとう」

雨月は口の端にちらと笑みを灯し、噛みしめるように呟く。ありふれた感謝の言葉とは裏腹に、金色の瞳の奥、花嵐に似た激しさで、いくつもの想念と情念が渦巻くのが見て取れた。思わずといったふうに、白雪のこめかみへ口づけが落とされる。

「――さて」

白雪を優しく壁に寄りかからせ、雨月はすらりと立ち上がった。刀を抜き放ち、研ぎ澄まされた切先を陽天の目交いにぴたりと据える。

「陽天、なぜこのようなことをした」

打って変わって冷え冷えとした問いに、陽天の喉からクッと濁った笑い声が漏れた。秀麗な顔を歪め、歯茎を剥き出しにして、雨月に指を突きつける。

「なぜ？　なぜだって!?　今のお前にはこの理由がわかるはずだ。目をそらすなよ。どれほど愛しても、人間はあっけなく死ぬ。おかしいだろう！　なあ雨月、僕はお前が嫌いだが、この点だけは可哀想に思うよ」

陽天の大声に、花巫女の枕元の向日葵が怯えたように頭を揺らす。陽天は雨月に指先を向けたまま、息を荒らげもう片方の手で前髪を掻き上げた。

「ずっと一人でいればよかったのに。そうすれば別れの悲しみなんて知らずに済んだ。

同胞殺しの化け物として、孤高を気取って生きていればよかったんだ」

呪詛を吐くようなおぞましさで、陽天は宣告した。

「――だが、お前はもう出会ってしまった。逃げられないぞ」

地下室に、灯心の燃える音が聞こえるほどの静寂が満ちる。雨月が陽天の背後に置かれたベッドへ視線を送った。これだけの騒ぎの中、花巫女だけは閑やかな横顔を晒している。それがもはや戻らない時を浮き彫りにしているようで、白雪の胸が鈍く痛んだ。

雨月が陽天に視線を戻した。

「そうだな。お前の言うことが、少しはわかる」

押し殺した声の裏に、どんな感情が潜んでいるのかは聞き知れない。切先にはいささかのブレもなく、それでも一度だけ瞬きして、雨月は続けた。

「俺もいつか白雪を失った日に――同じことを考えるかもしれないな。どんな手段を使っても、どんな犠牲を払っても、根の国から愛する者を取り返したいと願う。例えその体が醜く朽ち果てていても構わない。そう乞い願うときが来るかもしれない」

雨月の金の瞳と陽天の青の瞳が交わった。

「この世で最も大切なんだ。自分の命よりかけがえがなくて、あらゆる危険から守ってやりたい。隣で笑っていてくれればそれだけでいいように思いもするし、やはり全てを手に入れなくては気が済まないとも思う。その喪失の穴は他の誰かなどでは埋められない、唯一無二の存在。なりふり構わず黄泉がえりを望む気持ちは理解できる」

陽天はいつしか雨月の語りに聞き入っているようだった。持ち上げた手がだんだんと下がっていく。「だとしても」と雨月が話を継いだ。

「俺は散々迷った末に、結局その願いは叶えないだろう。そんなことをすればきっと、白雪は二度と俺を愛してくれないとわかり切っているからだ。──そういうことをするのは、ちょっと想像と違いますとかなんとか言うに決まっている」

「……ふふ」

落ち葉がかさこそ音を立てるような、吐息混じりのかすれた笑いは白雪のものだった。こちらを見やる雨月に、白雪は大きく頷いてみせる。

「そうですね。他の女の子を犠牲にして雨月様が私を生き返らせたら、百年の恋も覚めてしまいます。だって、私が好きになったのはそんな雨月様ではありませんから」

死して再会を望むのは、愛の深さの証明ではあるのだろう。でも白雪はそんな雨月を見たくない。あまたの少女の骸の上で抱きしめられても全然嬉しくないし、おそらく失望して根の国に帰ると思う。

「ふざけるなよ！」

陽天の指がまた雨月の顔に向いた。指先に神気が集まり、真夏の日差しのごとき眩い光を帯びていく。

「こんなことをしても、彼女は喜ばないと説教するつもりか!? お前に知ったような口を利かれる覚えはない! あの子だって喜んでくれる——そう約束したんだ!!」

「そうかもしれないな。お前の花巫女が受け入れてくれるなら、それはそれで美談だ」

今にも暴発しそうな神気を前にしても、雨月は落ち着き払っていた。ただわずかに眼差しを険しくし、固く柄を握り直す。

「単に、俺がお前に相対しているのは正しさの問題ではないというだけだ。俺は〈神殺しの龍〉として、お前の所業を許すわけにはいかない。——四季神、陽天よ。貴様は堕ち神にならずとも堕落の道を選んだ。平らかなる空木津国にお前の居場所はない。ここで失せろ」

「同胞殺しの化け物が……!」

陽天が凝縮した神気を放つのと、雨月が白刃を閃かせるのはほぼ同時。室内に炸裂した閃光《せんこう》に、白雪の視界が灼《や》けた。

どさ、と、鈍い音がした。

何度も瞬きし、白雪は目を凝らす。悠然と刀を収める雨月と、肩から胸にかけて斬りつけられてふらつく陽天の姿が、ぼやけた視界に黒々とした影となって映った。

「どうして……」

今にも泣き出しそうな呟きが、白雪の耳を打つ。陽天の傷口から、黒ずんだ血がポタリポタリと垂れ落ちていた。

「僕はただ、もう一度あの子に会いたいだけなんだよ……」

「往生際が悪いぞ」

雨月が陽天の腕を後ろ手に捻り上げる。なかなかに痛そうだったが、悄然とした陽天の表情は変わらなかった。

「どうしてもこうしてもない。第一、お前は白雪を傷つけた。それだけで俺は、最初から許すつもりなどなかった」

「……そうかい。君、本当に変わったんだなあ」

陽天は雨月を仰ぎ、力なく笑う。ほんの一瞬だけ、その頬に親しみがよぎったのは白雪の見間違いだろうか。

彼は憑《つ》き物が落ちたようにおとなしく縛につき、雨月に引っ立てられながら地下室の階段へと足を向けた。その様子にほっと胸を撫で下ろしたとき、視野の隅に赤い光がちらついて、白雪は声をあげた。

「――あっ」

陽天の放った神気が飛び火したのだろう。山積みにされた着物が燃え上がった。天井に舞い上がる火の粉がふわりふわりと漂ったかと思うと、誰の手も届かないような気ままさで、ベッドを囲む帳に着地する。

一瞬のことだった。

あっという間にベッドが炎に包まれ、さして広くもない地下室には黒く煙が立ち込め始める。神気のせいだろうか。すさまじい速さで広がる炎は、消し止める猶予もなかった。瑞々しかった向日葵が真っ赤な火に舐められ、黒ずんで萎びていく。

「――っ！」

陽天が激しくもがいて雨月を押しのけた。躊躇《ためら》うそぶりは少しも見られず、まるでそこへ向かうのが生まれる前から決まっていたのだというような迷いのなさで、一直線に炎の中に飛び込んでいった。

決死の形相で、何事か叫びながら。

――たぶん、花巫女の名を呼んだのだろう。

炎の狭間から、花巫女の亡骸を抱きしめる陽天の横顔が見えた。その表情が本当に満ち足りているように思えたのは、白雪の錯覚だろうか。

煙の染みる目を瞬いた一瞬後、天井の梁《はり》が崩落して轟音をたてた。

それきりだった。ベッドと白雪を遮るように落ちた梁の向こうは見えず、悲鳴も聞こえなかった。

「白雪、逃げるぞ！」

熱された壁に呆然と取りすがっていた白雪は、ふいに抱き上げられて正気に戻る。

雨月が白雪を抱え、まだ火の手の回っていない階段を駆け上がった。

「雨月様……」

膨大すぎる霊力はまだ白雪の体を揺さぶっているようで気持ちが悪く、煙を吸い込んだのか喉も痛いし目もチカチカした。

(――でも、私は生きている。少なくとも、今は)

まだこうして、雨月のそばにいられる。

白雪は雨月の首にしがみつき、その温もりを目いっぱい感じた。


外では雨が降り出していた。

雨音もささやかな、地上の全てに薄絹のヴェールをかけるかのような糸雨である。

玄関を飛び出し、建物を振り返ったところで、陽天の屋敷が洋館だったことを初めて知る。ここは帝都の郊外らしく、広々とした敷地は赤煉瓦の塀に囲まれ、しとやかな雨声に閉じ込められている。どうやらまだ誰も騒ぎに気づいていないようだった。

建物を取り巻く庭の、少し離れた場所に東屋があって、白雪たちはいったんそこに落ち着いた。陽天の屋敷以外に延焼しなさそうなのは不幸中の幸いだ。

「平気か？」

「はい……」

東屋に設置された長椅子に座り、白雪は頷く。とたんにゲホゲホと咳が出て、傍らに立つ雨月の眉間に皺が寄った。

「消防組に連絡したら、すぐに病院へ行くぞ。煙を吸ったんだろうが、あの地下室で何が燃えていたかわからない。頭痛はしないか？　火傷は？」

矢継ぎ早に質問を繰り出す雨月へ向けて、白雪は手巾を巻いた右手をすっと上げた。

「あ、ありがとうございます。でも大丈夫です。それより、雨月様は問題ないのですか？」

雨月の袖を引っ張って隣に座ってもらう。近くで向き合うと、雨天の小暗がりの中でも、以前とは異なる金色の龍の異相が際立った。

いつもよりずっと深みを増した金色の瞳を細め、雨月はまだ人間の形を保っている手で白雪の頬を撫でる。

「ああ、白雪のおかげで助かったんだ。逆鱗から受け取った白雪の霊力のおかげで、初代を滅することができた。もう体を蝕まれることはない」

「では、鱗の色が変わっていらっしゃるのは――」

「この金色の鱗は、白雪と俺の力を合わせて生まれた新たな龍神の証だ」

そこから明かされた神域での冒険譚は、白雪を驚かせるものばかりだった。まさか自分がそんな形で雨月の助けになっているとは思いもよらなかった。

（初代に打ち勝ってしまうなんて、雨月様はやっぱりすごいわ。でも……とにかく、雨月様が龍の呪いから解き放たれて本当に良かった……！）

吐き出す息が揺れて、思いは声にならなかった。すぐそこに迫っていたお別れが、彼方《かなた》へ遠のいたことに途方もなく安堵する。自分の霊力よりも何よりも、白雪にとって最も大切なのはその一事だった。

話し終えた雨月が、手首に生えた鱗に視線を落とす。

「とはいえ、まだ力が不安定で元に戻れない。しばらくはこのままかもな」

「また、封印をしましょうか？」

「もう初代の魂はいないから、あまり効果は見込めないだろう。それにこんな状態で白雪に霊力を使わせたくない」

雨月の長い指が、煤《すす》と涙で汚れた白雪の頬を拭う。白雪は反射的にその手を掴んでいた。

「でも、私は雨月様の花巫女です。封印に意味がないなら、今度は花巫女にしかできないことを――〈神鎮めの儀〉をさせてください」

白雪の視線の先、雨月の両目がゆっくりと見開かれる。雨月が決して遠ざからないよう、白雪は手に力を込めた。

「……陽天様が以前、仰っていたのです。神にとって花巫女は、全ての関係を含んだ代え難い存在だと。そして今日の顛末を見て……考えました。つまりそれは、何があっても、いついかなるときでも、花巫女は神に寄り添い続けるという意味なんじゃないかって」

あの子は喜んでくれる、という叫びがまだ耳にこびりついている。陽天の花巫女は、生き返って陽天と再会したら喜べるのだろうか。もしそうだとするなら、あの二人はあの二人だけの関係を築いていたということだ。

それもある種の覚悟だと思う。相手がどんな罪に手を染めようと受け入れるという許し。白雪には全く信じ難いことだが、善だの悪だのを処断しても仕方がない。

「私は雨月様とずっと一緒にいたいのです。その生涯に寄り添い続けたい。どんなに険しい道でも、二人でいれば歩き方を間違えないと思います。私はどこにも逃げません。私の居場所はここです」

雨月の顔を差し仰ぎ、一息に言い切る。雨月はぐっと息を詰めたようだった。

「一生、俺から離れられないぞ。いいんだな？」

「もちろんです」

「――必ず幸せにする。白雪に後悔はさせない」

「妙なことを仰いますね」

白雪はなんだかおかしくなって、くすくすと笑った。

「私はもう充分に幸せですよ。雨月様こそ、私を選んで後悔しないですか？」

「そんなわけがないだろう。白雪はときどき、俺の想いの深さを侮っている」

雨月は少し唇を曲げたが、すぐに思い直したように「まあ、これから思い知らせればいいか」と独りごちた。

物騒な予告をされてしまったが、白雪としては当然確認しておくべき事項だ。苦笑いとともに答える。

「私よりもっと霊力のある巫女がいても、どうか心変わりなんてしないでくださいね。悲しくなってしまいますから」

「……白雪にもそういう感情があるのか」

意外そうに雨月が言うので、白雪はきょとんと首を傾げた。

「それは……どのような意味でしょうか？」

「独占欲というか、嫉妬心というか」

「えっ……」

指摘されて、何気なく発した言葉の意味に気がつく。確かに、そう取れる。というよりそうとしか思えない。

白雪の顔面に一気に熱が上った。急いでうつむく。たぶん、顔は煤で汚れているから赤くなってもばれないだろう。

「だ、だめですか」

「だめではない。俺にとっては嬉しいことだ」

目だけ上げると、雨月は本当に嬉しそうに微笑んでいた。長椅子の背に片腕をもたせかけ、「俺が白雪以外の人間によそ見をするなどあり得ないが、嫉妬する白雪も可愛いものだな」としみじみ呟いている。そうだろうか。嫉妬など見苦しいものではないのか。

白雪は咳払いをして、雨月の両頬をそっと包んだ。

「では、〈神鎮めの儀〉をさせていただきますね」

白雪の宣言に、雨月が顔つきをあらためる。すっと居住まいを正し、大きく頷いた。

「――ああ、頼む」

白雪は呼吸を静め、静かに雨月の額に自分の額を近づけた。いつもは雨月からしてくれていたから、距離感を掴むのが難しい。薄目になって距離を測っていると、ふいに、閉ざされていた雨月の両眼が開かれた。

「あ……」

思わず漏らした囁きは、吐息ごと消える。不意打ちのように唇が重ねられて、けれど白雪は自然に目を閉じていた。

唇に触れる柔らかな感触に、ぞくりとした痺れが背筋に走る。それと同時に、すさまじい勢いで霊力が雨月の方へと流れていき、甘い目眩が思考をかき乱した。何もかもが未知の感覚だった。白雪の頬に添えられた雨月の手が、熱い。

ひとたびでは足りないとばかり、口づけは幾度も繰り返される。霊力とともに体から力が抜けて後ろに倒れそうになった白雪を、雨月は軽々と抱き留めてくれた。

「息はできているか？」

そう言う雨月の外見が、どんどん人間の姿に戻っていく。ツノが失せ、鱗が消え、瞳は夜より深い闇色へ。

花巫女による〈神鎮めの儀〉が、成功したということだろう。

「あ、あ、あの」

息も絶え絶えに白雪は口を開いた。雨月はわずかに息を乱しているが、表情は平生と変わらなかった。少なくとも白雪の目にはそう映る。答える声も、みっともないほどかすれている白雪に比べてずいぶんしっかりとしていた。

「ああ、どうした？」

白雪は、小刻みに震える指先でそっと自らの唇をなぞる。ついさっきまでそこにあった柔らかな輪郭を辿るように。

「か、〈神鎮めの儀〉は、額を合わせるだけではないのですか……？」

「ずっと黙っていたんだが、この方法でも霊力の受け渡しはできる。いきなり口づけて白雪に嫌われたくなかったから、額を合わせる方法を取っていただけだ」

そんなことちっとも知らなかった。白雪は愕然として雨月を見返す。

「なら、どうして今は……」

「耐えきれなくなったんだ。白雪があんまり可愛い顔をしていたから」

「は……」

白雪は自らの節穴っぷりにようやく気づく。雨月のかんばせは全然いつも通りではなかった。白雪を映す瞳はとろりと甘やかに蕩《とろ》け、口元は幸せでたまらないと言わんばかりに緩んでいる。今まで見たこともない面持ちの柔らかさに、白雪の心臓が引き絞られたようにぎゅうと痛んだ。自分の選んだ答えが、どれほど雨月を喜ばせているのか、やっと思い知った。

白雪の視野に霞がかかり始める。急に膨大な霊力を使ったせいだろう。がくりとうなだれると、雨月の胸元へ頭を引き寄せられた。力強い鼓動の音が耳に伝わってくる。

雨月が低い声で訊ねてきた。

「それで、白雪の好みはどちらだ？」

「こ、好みって……」

そんなのは、決まっている。決まっているのだが――答える前に朦朧《もうろう》として、意識が急激に遠ざかる。完全に身を預けた白雪を、雨月は小揺るぎもせずに受け止めた。

「俺の花巫女になってくれてありがとう、白雪。俺の唯一。……目が覚めたら、俺の気持ちを必ず伝える」

耳元で囁かれた約束は、眠りに溶けて優しい夢へと導いてくれた。

■終章

焼け跡からは、陽天の亡骸も花巫女の遺体も見つからなかった。

とはいえあの火災から逃れられるはずもなく、夏を司る四季神の座は空位になったということだ。誰がその後を継ぐかで世間はしばらく騒がしくなっているらしい。

この一連の事件の幸いが一つだけ。陽天に攫われた娘たちは、陽天の別邸から全員生きて見つかった。ずいぶん衰弱している娘もいるが、命に別状はなく、無事に家族や恋人と再会できたそうだ。

――そういった諸々を、白雪は、屋敷の庭をそぞろ歩きながら雨月から聞かされていた。

「……とにかく、被害者の皆様がご無事だったのは何よりです」

庭に敷かれた小径を進む白雪は、すっかり怪我の治った手を胸の前で重ねた。冷たい北風を顔に受け、ふうとため息をつく。

吐いた息は白く凝って、小径の両脇に並ぶ椿の生垣の方へ漂っていった。紅色の花の上にはうっすらと雪が積もっている。

陽天の起こした事件からしばらく経ったが、まだまだ春は遠い。けれど日差しは少しずつ暖かさを増し、早咲きの桜の蕾は膨らみ始めていた。

白雪のゆっくりとした歩調に合わせていた雨月が、重々しく首肯する。

「そうだな。被害者が一日も早く日常に戻れるように、弾正台からも支援するよう手を回している。神が民を害するなど……本来は決してあってはならないことだ」

神の責務を踏み躙《にじ》っても欲してしまった陽天の願いは、あの日、炎の中に消えた。

彼が最後に何を言ったのか、それを知る者はもう雨月と白雪しかいない。

しばらく黙って小径を歩く。やがて、桜の木の立ち並ぶ一角に差しかかったところで、雨月が足を止めた。

「白雪、手を出してくれるか」

白雪はおとなしく両手を差し出す。その手のひらに、ぽとりと小さな何かが落とされた。既視感のある巾着袋に、白雪はぎょっと目を剥く。

「このお守りは……まさかまた逆鱗を!?」

「変わり映えしなくて悪いが。堕ち神対策にはそれが一番だし、白雪の機知で色々と使えることもわかったからな」

相変わらず、さらりとした調子でとんでもない品を渡してくる。どう考えたって家宝ものだ。けれど白雪はお守りをぎゅっと握りしめ、鱗の感触を確かめた。

「……ありがとうございます。実は、手元になくて寂しかったのです」

「言ってくれればすぐ渡したのに」

「龍神の方に逆鱗をくださいというのはとんだ命知らずではないですか!?　それこそ逆鱗に触れませんか!?」

「別に白雪なら構わない。他の人間なら斬り捨てるが」

「そう、ですか……」

白雪はお守りを懐にしまいながら、視線を庭にさまよわせる。雨月から自分に開け渡された範囲が広すぎて、今でも戸惑ってしまう。

(この慈しみの一つ一つを、きちんと受け取れる人間でいよう。慣れ切ってしまったら、そこが私の終わりだわ)

雨月は当たり前のように白雪を愛してくれるけれど、それが本来、どれほど得難い奇跡なのかを忘れたくはなかった。

当の雨月は、近くに植わった桜の幹に背中を預け、黒い瞳に白雪を映している。

「俺はできるだけ白雪を守りたいんだ。……いつか別れが来るとしても、そんなものはどこまでも遠ざけておきたい」

ゆったりと腕組みして、かすかに口の端を吊り上げる。どこか寂寥の滲む微笑に、白雪はハッと胸を衝かれた。

白雪が人間である限り、雨月との別離はいずれ避けられない。容赦なく時は流れ、過ごした日々を思い出にする。

冷たい風が庭を渡り、二人の元へ吹き寄せる。乱れた前髪が雨月の目元に落ちかかったが、彼はそれを払いもしなかった。今このときが惜しいとばかり、熱を帯びた眼差しを白雪にだけ当てている。目を背けることの許されない、強い目つきだった。

この息詰まるような瞬間だって、何十年後かにはただの記憶になるのだろう。

白雪の草履が砂利を踏んで、軋むような音を立てる。白雪は唇を噛み、雨月に向き直った。

「仰る通りですね。きっと百年後くらいには、私も雨月様とお別れするのです」

「そうだな――待て、余裕で白寿を超える気か？」

「当然でしょう。空木津国で一番長生きしますよ、私は」

驚いたように背を浮かせる雨月に向けて、白雪は堂々と胸を張った。陽天の一件以降、ずっと考えていたことだった。

「私と雨月様のお別れは、それくらい先のことです。私たちには必ずさようならを言う日が来ます。だったら、そんな決まりきったことを考えなくたっていいのではないですか。別れの方法を考えるのは百年後の私たちの仕事です」

遠い遠い丸投げの先送り。永訣《えいけつ》を憂う雨月に告げるにしては、無責任な言葉の羅列かもしれない。

でも、白雪に言えるのはこれしかないから。

「大丈夫ですよ。だってそのときには、私たちはとびきりの百年を積み重ねているのです。――お別れのときだって、きっと、楽しい気持ち以外思い出せませんよ」

雨月は唖然と口を開けて白雪を凝視している。その珍しい表情を目に焼きつける余裕もなく、白雪は照れくさくなって人差し指で頬を掻いた。なんだか偉そうなことを言ってしまった。

ややあって雨月がゆっくりと首を振り、短い笑いをこぼす。寂しげな色はどこにもない、心から浮き立った笑い声だった。

「わかった。白雪の百年はこの先ずっと俺のものか。それなら、過ぎる時も楽しみになるだろうな」

「さしあたってはお花見ですね。どんな料理を作るか今から考えているのです。あとで雨月様のお好みを教えてくださいね。私の料理はどれも好き、はだめですよ」

「難しいな。別に考えるのが面倒なんじゃなくて、事実を言っているだけなのにな」

雨月が白雪と肩を並べ、わずかに色づき始めた蕾を見上げる。白い小鳥が飛んできて枝先にとまり、のどかにさえずるのに白雪は耳を傾けた。

だから、雨月の言葉は過たず聞き取れた。

「——俺は白雪を愛している」

吐息だけで紡がれた、かすかに空気を震わせるのみの囁きだった。

「この先何があっても、白雪だけが俺の特別だ。俺が白雪を選び、白雪も俺を選んだ。それこそが最も大切だと信じている」

雨月がすっと手を伸ばして、白雪の頬を覆うように触れる。寒さにかじかんだ頬に、じわじわと血が集まっていった。

「白雪はどう思っている？」

「え……っ」

心臓を焦がしてしまいそうな熱が、じりじりと忍び寄ってくる。

頬に触れる雨月の手に、白雪はそっと自分の手を重ねた。鼓動が速さを増していく。でも嫌な感じは少しもしなかった。

上手にものを考えられなくなって、すぐに答えは出せない。

だから胸に散らばる想いを一つ一つ掬《すく》い上げるように、白雪は言葉を編んでいく。

「私は、雨月様と出会ってから、色々な感情を知りました。落ちこぼれ巫女のままだったら、きっと大切なことを何も理解しないまま日々を過ごしていたと思います。でも雨月様が私を愛しんでくださって、そんな雨月様と一緒にいられたから、私の中に生まれた気持ちがあります」

だから、と続ける声がかすれて、きゅっと唇を閉じる。雨月の手を強く握りしめ、その温かさを肌身に感じながら再度口を開いた。

「私は雨月様のことが好きです」

雨月が白雪を見つめ、ゆっくりと目を瞬かせる。この一瞬を、瞼に閉じ込めようとするかのように。

やがて雨月の顔に、本当に幸福そうな笑みが広がった。

「それこそが、俺がずっと欲しかったものだ。——どうか死が二人を分つまで、生涯をともにしてくれ」

白雪は凛と張り詰めた冬の空気を深く吸い、頬の緩むに任せて微笑んだ。

「私でよければ喜んで。不束者ですが、よろしくお願いしますね」

「白雪でなければだめだ。末長く大切にする」

あ、と思う間もなく、雨月が顔を近寄せる。柔らかな抱擁とともに深く口づけられて、白雪は目を閉じた。

眼裏に、薄桃色の花びらがひらりと舞う。

終の別れは不可避で永遠。

その代わり、春も必ずやって来る。

蝶が舞うまで、あと少し。


〈了〉

あとがき

こんにちは、香月文香と申します。

『龍と贄巫女の番』をお手に取っていただき、ありがとうございます。

今回のテーマは和風シンデレラファンタジー×推し活でした。

と言ってもグッズをたくさん買ったり、イベントに全通したりといった方向性ではなく、推しを神格化するという一面からの推し活を描きました。

つまり文字通り、相手を神と崇めるヒロインと、そんなヒロインに恋してしまったヒーローのすれ違いです。

全然噛み合わない雨月と白雪のやり取りは書いていて楽しく、そして一向に白雪が恋に落ちる気配がないので、雨月、頑張れ……！　という気持ちになっていました。

最終的に、雨月と白雪がどのような道のりをたどり、どのような結末を迎えるのか、読んで楽しんでいただけたらと思います。

最後にお礼を。編集部の皆様、担当編集様、校閲のご担当者様、本書に携わっていただいた全ての皆様、本当にお世話になりました。皆様のお力がなければ、本書を読者の皆様にお届けすることはできませんでした。

また美しい表紙を描いてくださったボダックス様、本当にありがとうございます。白雪も雨月もとても素敵で、イラストをいただいたときには見惚れてしまいました。

そして、本書を手に取ってくださった皆様へ、重ねてお礼を申し上げます。

少しでも楽しんでいただけたら幸いです。

二〇二五年　三月二十八日　香月文香

この物語はフィクションです。実在の人物、団体等とは一切関係がありません。

香月文香先生へのファンレターのあて先
〒104-0031　東京都中央区京橋1-3-1　八重洲口大栄ビル7F
スターツ出版（株）書籍編集部 気付
香月文香先生

龍と贄巫女の番

2025年3月28日　初版第1刷発行

著　者　香月文香　

発 行 人　菊地修一
デザイン　フォーマット　西村弘美
カバー　北國ヤヨイ（ucai）
発 行 所　スターツ出版株式会社
〒104-0031
東京都中央区京橋1-3-1　八重洲口大栄ビル7F
TEL　03-6202-0386（出版マーケティンググループ）
TEL　050-5538-5679（書店様向けご注文専用ダイヤル）
URL　https://starts-pub.jp/
印 刷 所　大日本印刷株式会社

Printed in Japan

ISBN　978-4-8137-1721-8　C0193

スターツ出版文庫　好評発売中!!

『この世界が終わる前に100年越しの恋をする』　櫻井《さくらい》千姫《ちひめ》・著

心臓に爆弾を抱えた陽彩は、余命三カ月と告げられ、無気力な日々を送っていた。そんな彼女の前に現れたのは、百年先の未来から来たという青年・楓馬だった。「僕は君の運命を変えに来た」――そう告げる彼の言葉を信じ、陽彩は彼と共に未来を変えるために動き始める。二人で奔走するうちに、陽彩は次第に彼に惹かれていく。しかし、彼には未来からきた本当の理由に関わるある秘密があった。さらに、陽彩の死ぬ運命を変えてしまったら、彼がこの世界から消えてしまうと知り…。二人が選んだ奇跡のラストとは――。

ISBN978-4-8137-1708-9／定価770円（本体700円+税10%）

『死にたがりの僕たちの28日間』　望月《もちづき》くらげ・著

どこにも居場所がないと感じていた英茉の人生は車に轢かれ幕を閉じた。はずだった――。目覚めると、死に神だと名乗る少年ハクに「今日死ぬ予定の魂を回収しに来ました。ただし、どちらかの魂です」と。もうひとり快活で悩みもなさそうなのに自殺したという同級生・桐生くんと与えられた猶予の28日でどちらが死ぬかを話し合うことに。同じ時間を過ごすうちに惹かれあうふたり。しかし桐生くんが自殺を選んでしまった辛い現実が発覚し…。死にたがりの私と桐生くん。28日後、ふたりが出した結末に感動の青春恋愛物語。

ISBN978-4-8137-1709-6／定価770円（本体700円+税10%）

『バケモノの嫁入り』　結木《ゆのき》あい・著

幼き頃、妖魔につけられた傷により、異形の醜い目を持つ千紗。顔に面布を付けられ、“バケモノ“と虐げられ生きてきた。ある日、千紗が侍女として仕える有馬家に妖魔が襲撃するが、帝國近衛軍、その頂点に立つ一条七瀬に窮地を救われる。化け物なみの強さと畏怖され、名家、一条家の当主でもある七瀬は自分とは縁遠い存在。しかし、彼は初対面のはずの千紗を見て、何故か驚き、「俺の花嫁になれ」と突然結婚を申し入れ…。七瀬には千紗を必要とする“ある事情”があるようだったが――。二人のバケモノが幸せになるまでの恋物語。

ISBN978-4-8137-1710-2／定価770円（本体700円+税10%）